Hardy von Arendes Eine Reise durch die Welt

Hardy von Arendes

Eine Reise durch die Welt

Erste Buch

Die Deutsche Bibliothek verzeichnet diese Publikation der Deutschen
Nationalbibliografie; detaillierte bibliografische Daten sind im Internet über
http://dnb.ddb.de abrufbar

2015 © by Hardy von Arendes
Herstellung und Verlag
BoD – Books on Demand, Norderstedt

ISBN: 978-3-7386-4622-1

5

1

Auf einem großen Bahnhof steht ein kleiner Junge; dieser kleine Junge blickt mit seinen Augen in die Welt hinein.

Er sieht die Züge, die hier abfahren.

Der Junge mag kaum zehn Jahre alt sein. Und mit seinen traurigen Augen scheint er den Zügen hinterher zu weinen.

Man kann, wenn man genau hinsieht, eine Träne aus dem linken Auge fliessen sehen.

Bing. Bong. Bing.

Der Intercity-Express aus Basel verspätet sich in der Ankunft voraussichtlich um zehn Minuten. Ich wiederhole: Der Intercity-Express...

Dann war es wieder still. Der kleine Junge stand einsam und verlassen auf dem Bahnsteig. Nur die vielen Menschen, die durch den Bahnhof strömten, die sah er nicht.

So war der kleine Junge allein in dieser Welt und niemand fragt, woher er kommt, wohin er will. Und ich kann keine Antwort darauf geben. Er war plötzlich dagewesen.

Da gab es für ihn viele Eindrücke, die für ihn so neu waren, daß er sie doch nicht aufzunehmen verstand.

Auf den anderen Gleisen rollten die Züge ein, fuhren wieder hinaus. Aber nur auf diesem Bahnsteig nicht.

Ja, es war schon ein trauriger Junge.

Und wieder fahren Züge in den Bahnhof.

Unser kleiner Junge denkt, warum fährt denn hier kein Zug?

Wer soll ihm Antwort darauf geben.

So vergeht die Zeit.

Bing. Bong. Bing.

"Es hat Einfahrt der Intercity-Express aus Basel mit Weiterfahrt nach Hamburg-Altona."

Der Intercity-Express hat Verspätung. Der Zeiger der Bahnhofsuhr rückt unaufhaltsam und unerbittlich auf 15.13 Uhr zu.

Schon rollte er ein. Nun gehen die Türen auf; Menschen steigen aus; Menschen steigen ein. Manche Begrüßungsszene findet statt.

Als unser kleiner Junge das sieht, da wird er noch trauriger. Wieder kollerten Tränen über seine bleichen Wangen hinunter, in sein blaues Hemd hinein, das mit Sonnen, die wie Sterne strahlten, übersät war.

Warum, warum muß ich so klein sein, so denkt unser Junge.

"Was machst du denn hier?" hörte er eine helle Stimme hinter seinem Rücken sagen.

Der Junge dreht sich um. Er sieht ein hübsches Mädchen hinter sich stehen; er fängt an zu weinen.

"Was weinst du denn?" will die schöne Unbekannte wissen. "Und wo kommst du überhaupt her? Wo sind deine Eltern?"

Der Junge weint weiter.

"Aber sage mir doch wenigstens, warum du weinst?"

"Ich suche meine Eltern!"

"Hast du sie denn verloren?"

"Nein!"

"Aber du weißt wo sie sind!"

"Nein!"

"Aber, höre, du musst doch wissen, wo deine Eltern wohnen!"

"Ich bin weggelaufen!"

"Wo bist du weggelaufen?"

"Aus einem Heim!"

"Und warum bist du dort weggelaufen?"

"Weil, weil, weil, -"

"Weil? Was?"

"Weil es mir da nicht gefällt!"

"Und nun?"

"Ich möchte meine Eltern finden!"

"Deine Eltern finden!? Wie stellst du dir das denn vor?"

"Das weiß ich ja nicht!"

"Aber du kannst doch nicht immer hier stehen bleiben, oder willst du, dass dich die Polizei findet, und dich dann wieder ins Heim zurück bringt. Du kannst bei mir erst einmal bleiben. Dann werden wir weitersehen!"

"Darf ich denn mitkommen?" fragte ungläubig der kleine Junge.

"Doch, du darfst!"

"Dann komme ich mit!" ruft freudig der Junge aus.

„Und wie heißt du?"

„Michael. Und du?"

7

"Christine!"

"Guten Tag, Christine!" Und der Junge gibt der jungen Frau die Hand.

"Dann laß uns gehen, Michael!"

Beide verlassen den Bahnhof und gehen zur Straßenbahn. Christine hatte ein Wohnung in der Innenstadt. Weit brauchen sie nicht zu fahren. Sie setzt den Jungen in ihr Wohnzimmer. Geht zum Schrank; öffnet ihn, nimmt eine CD heraus, und schiebt sie in das CD-Abspielgerät hinein. Kurz darauf hört man aus den Lautsprechern die Musik einer bekannten Sängerin: Du hast mich tausend mal belogen.

"Mein kleiner Held, was soll ich mit dir jetzt anfangen?"

Der Junge sagte nichts.

"Du sagst nichts. Aber wir müssen doch was machen."

"Ich weiß es doch auch nicht!"

"Weißt du wenigstens was deine Eltern machen?"

"Ja, das weiß ich!"

"Und was machen sie?" fragte Christine gespannt.

"Ich will davon nicht reden!"

"Na gut, Michael, reden wir ein andermal davon. Heute Nacht schläfst du bei mir. Aber verspreche mir, dass du es mir morgen sagen tust!"

"Das weiß ich noch nicht!"

"Mit dir hat man es schwer. Ich hätte dich auf dem Bahnhof lassen sollen."

Draußen begann es zu dunkeln. Nacht senkte sich über die Stadt. Christine wälzte sich hin und her; aber Schlaf wollte sich nicht einstellen. Irgendwann schläft auch sie ein.

Der Wecker rasselt. Beide werden wach, und stehen auf. Christine macht schnell ein Frühstück für Michael. Dann schnell ihre Morgentoilette. Sie sieht den Jungen an, und kann immer noch nicht glauben, dass sie jemanden mitgebracht hat. Von der Straße buchstäblich aufgelesen.

Michael sieht die junge Frau auf sich zukommen.

"Hör mal, Michael, ich muß jetzt weg. Arbeiten. Du kannst ja hier bleiben. Mittag werde ich wieder da sein. Du läufst doch nicht wieder weg, oder?"

"Nee!" antwortete Michael. "Du kannst ruhig gehen. Ich schlafe noch ein bisschen!"

"Gut, dann paß auf, dass du hier nichts kaputt machst!"

"Komme aber bald wieder, Christine!"

"Ich sagte dir doch, daß ich wiederkomme. Auch müssen wir uns überlegen, wie es weitergeht mit dir!"

Noch einmal winkt sie dem Jungen zu, und ist dann aus der Wohnung gegangen. Der Junge bleibt allein zurück.

2

Heute verläßt Christine nachdenklich das Büro. Immer mehr kommt ihr zu Bewusstsein dass sie nicht richtig gehandelt hat. Den Jungen hätte sie erst gar nicht aufnehmen dürfen. Aber ihre Zweifel schwinden. Je näher sie ihrer Wohnung kommt, schwinden auch ihre Zweifel. Als sie dann die Wohnungstür aufschließt hat sie keine mehr.

In der Wohnung sitzt der Junge und blättert in einem. Zeitschrift. Während sie das Mittagessen zubereitet, schaut ihr der Junge zu.

"Nun, Michael, willst du mir nicht endlich sagen, wo du ausgerissen bist. Und weggelaufen bist du ja!"

"Aber du darfst mich nicht wieder zurückschicken, versprich mir das!"

"Ich weiß nicht!"

"Dann sage ich dir auch nichts!"

Christine bekam wieder ihre Zweifel. Tat sie recht daran, ihn aufgenommen zu haben. Oder hatte sie doch Unrecht getan. Ja, sie wußte nicht einmal genau mehr, was sie da tat. "Michael, ich verspreche es dir!"

"Großer Indianerehrenwort!"

"Großes Indianerehrenwort!" wiederholte Christine.

"Du schickst mich wirklich nicht weg?"

"Gut, du kannst bleiben!"

"Ich bin aus einem Heim entlaufen, dass weißt du ja schon. Ich komme aus Braunschweig. Aus dem dortigen Waisenhaus! Weißt du, ich halte es da nicht mehr aus.

"Aber du hast doch deine Eltern noch!"

"Ja, schon!"

9

"Und was, ja schon? Was macht denn dein Vater?"

Meine Eltern sind Künstler. Und weil meine Eltern oft auf Reisen sind, und weil sich meine Großeltern nicht um mich gekümmert haben sollen hat das Amt beschlossen, dass ich in ein Heim soll Aber ich wollte nicht. Jetzt bin ich auf der Suche nach Mama und Papa!"

"Michael, hast du wenigstens eine Ahnung wo deine Eltern sich zur Zeit aufhalten."

"Manchmal sind sie in Luxemburg, dann wieder mal in der Schweiz, oft auch in Frankreich, oder bei meinen Großeltern, die in Braunschweig wohnen. Und weißt du wie meine Mutti heißt?"

"Aber Michael, woher soll ich das denn wissen!"

"Das kannst du nicht wissen. Sie heißt Christina!"

"Und was macht deine Mutti?"

"Sie ist Sängerin!"

"Und dein Vati?"

"Er ist Musiker. Beide sind oft auf Reisen. Papi sagt immer, sie müssen die Verträge erfüllen; und wenn er mit Mutti spricht, und sie glauben, sie wären allein, sagt Papi: Du weißt ja gar nicht, was die für Ansichten haben, diese biederen Spießbürger. Aber ich habe sie oft belauscht."

"Tut man denn so etwas?"

"Ich weiß, das sollte man nicht tun. Aber das was verboten ist, das tut man immer gerne, nicht wahr!"

"Das weiss ich auch!" erwiderte Christine. "Das habe ich früher auch getan. Aber, Michael, weißt du nicht genau wo deine Eltern sind. Erinnerst du dich an irgend etwas?"

"Nein, Christine, nein, ich weiß nichts."

"Hast du wenigstens etwas bei dir?"

"Ich habe gar nichts, ich bin nachts heimlich weggelaufen."

"Du wirst jetzt bestimmt von der Polizei gesucht!"

"Wirklich?"

"Wirklich! Und mich hält man dann für deine Entführerin, glaube mir!"

"Aber ich will nicht wieder zurück!" kam die trotzige Antwort. "Und wo soll ich hin?"

"Das weiß ich auch nicht. Aber zum Glück habe ich jetzt Vier Wochen Urlaub. Wir könnten deine Eltern suchen gehen. Und ich meine, wir werden sie schon finden. Draußen steht meine Lissy!"

"Deine Lissy, wer ist das?"

"Das ist mein Auto. Ich habe es so getauft! Und da die Grenzen in Europa offen sind, ist das kein Problem mehr, mit dir in ein anderes Land zu fahren!"

"Au ja, das schaffen wir!" rief fröhlich Michael aus.

"Hast du nicht mal Lust ins Kino zu gehen? Wenn die Welt schon so ist, wie sie ist, dann laß uns einen lustigen Film ansehen.! Wird dir bestimmt gefallen!"

Nachdem sie wieder aus dem Auto gestiegen waren, gehen beide in das Cinema und sehen sich den Film an.

Als sie aus dem Kino gekommen sind, hatte sich der Himmel verdunkelt, und es sah auch so aus, als würde Petrus gleich alle Schleusen öffnen. Und richtig, kaum dass sie im Auto stutzen, fällt der erste Regentropfen, dann ein zweiter, dann der dritte, und dann rauschte es herab. Fußgänger suchten Schutz in den Hauseingängen. Es war eines der schlimmsten Unwetter die in dieser Stadt nach langer Zeit niederging. Der Wind wurde zu einem großen Sturm. Kurz vor der Lissy bracht ein Ast eines Baumes vor ihnen ab, und zertrümmerte das Auto, das vor ihnen stand. Der Schreck war natürlich groß. Christine sah schon im Geist ihr Auto zertrümmert. Doch sie hatte Glück. Nach einer halben Stunde wurde der Himmel wieder blau. So als wäre nichts gewesen.

Kurz fahren sie noch einmal nach Hause. Christine packt ihre Sachen, und bereitet sich auf die Fahrt vor.

3

Der Zeiger zeigt acht Uhr an. Und sie stellt den Fernseher an. Am Ende der Nachrichtensendung sagt noch einmal der Sprecher: "Die Kriminalpolizei bittet um ihre Mithilfe. Seit gestern wird der zehnjährige Michael Merlin aus dem Waisenhaus Braunschweig vermißt. Er trug zuletzt eine braune Cordjacke, darunter ein blaues Hemd, mit Sonnenmuster, Jeans; braune Strümpfe und braune Schuhe. Ein Verbrechen kann nicht ausgeschlossen werden. Sachdienliche Hinweise nimmt jede Polizeidienststelle oder Kriminalpolizei Braunschweig unter der Rufnummer ... entgegen!

11

Und nun schalten wir um zur Wetterkarte! " Das während der Sendung gezeigte Bild von Michael erlosch. "Das kräftige Hoch mit dem Kern über Rußland bleibt vorerst wetterbestimmend. Weitere Aussichten für Deutschland bis morgen Abend: Überall Sonnenschein, nur vereinzelt in den Alpen Gewitter."
Bild erlosch. Ton verstummte. Christine hatte den Fernseher ausgestellt. "Da haben wir es schon! Du wirst gesucht. Ich sollte dich wirklich der Polizei übergeben!"
"Bitte das nur nicht!" weinte der Junge.
"Weißt du eigentlich in was für eine Lage ich mich durch dich gebracht habe? In eine sehr schlimme. Wir müssen dich unbedingt neu einkleiden. Erst dann können wir losfahren! Nicht heute, ich muß für dich andere Klamotten besorgen, dann geht es los!"

4

Zwei Tage später.
Am folgenden Tag kaufte Christine für den kleinen Jungen neue Kleidung. Vollständig neu wird er eingekleidet; und es dauerte auch nicht lange, da wird aus dem Michael ein neuer Michael. Er ist nicht mehr wiederzuerkennen.
"Hallo", ruft Christine, "bist du endlich fertig, wir wollen losfahren!"
"Ich komme gleich!" Und der Junge kam angelaufen.
"Weißt du wo deine Eltern sind?" fragte Christine, "Irgendwo müssen sie ja sein!"
"Aber ich hab`s dir doch gesagt, ich weiß es nicht wo sie sind!"
Fahren wir erst nach Braunschweig. Vielleicht sind sie dort. Kann ja sein, daß sie zurückgekehrt sind, nachdem du weggelaufen bist."

5

Auf der Autobahn Braunschweig-Nord biegen sie ab, fahren in Richtung Innenstadt.

12

"Wo wohnen deine Großeltern, Michael?"

"In der Rudolfstrasse 8!"

"Ja, wie aber sollen wir herausbekommen, ob deine Eltern da sind?"

"Vielleicht steht ihr Auto vorm Haus! Es hat eine Schweizer Nummer."

"Fahren wir doch einmal daran vorbei. Du mußt so tun, als würdest du zu mir gehören, auch für später!"

Nachdem Christine sich auf einem Stadtplan schlau gemacht hatte, fahren sie an dem Haus vorbei.

"Sie mal!" sagte der Junge, "da kommt wer aus dem Haus! Den kenne ich nicht; der wohnt dort nicht!"

"Das kann einer von der Kripo sein! Den kennen wir am wenigsten fragen!"

Der Kriminalbeamte, es war einer, geht an Christines Wagen vorbei, ohne hineinzusehen.

"Das ging noch einmal gut!" erleichterte sich Christine "Ich hab`s, wir fahren zu Bahnhof. Von dort rufen wir deine Oma oder Opa an. Und dann muß es doch mit dem Teufel zugehen, ob wir es nicht herausbekommen könnten."

Christine fährt zum Bahnhof. Dort geht sie auf ein öffentliches Telefon zu. "Michael, wie ist die Nummer deiner Großeltern! Hier ist kein Buch!"

"Die Nummer ist ....."

"Ach, und wie heißen denn deine Großeltern?"

"Beringer!"

Christine nimmt ein paar Münzen, wirft sie in den Schlitz, drückt die Nummer.

Tüt. Tüt. Tüt. Besetzt

Sie wählt noch einmal. Ein Knacken in der Leitung.

"Hier bei Beringer!" rauscht es aus der Leitung.

"Ist Christine oder Koni da? Darf ich sie einmal sprechen?" hofft Christine, und hofft das sie da sind.

"Wer ist denn dort?"

"Hier spricht eine Freundin von Christina. Wir haben uns lange nicht gesehen. Da ich zufällig in Braunschweig bin, möchte ich sie besuchen!"

"Sooo, wollen sie. Christina und Koni sind nicht da. Und wenn,

13

dann hätten sie sowieso keine Zeit für sie!" kam es barsch aus dem Hörer zurück. Dann war die Leitung tot.

Christine zuckte mit den Achseln. "Eines wissen wir jetzt. Deine Eltern sind nicht hier! Und was machen wir jetzt? Wo könnten deine Eltern denn noch sein? Kannst du sich an irgendwas erinnern? Denk mal nach!"

"Hm, ich hörte das letzte mal Papi sagen: Fahren wir in das kleine Ländchen!"

"Kleines Ländchen?

"Jaja, jetzt erinnere ich wieder, er sagte: ganz kleines Ländchen!"

"Das kann aber dann die Schweiz nicht sein! Kleines Land! Vielleicht ist das Luxemburg?"

"Ach, richtig er sagte so etwas!"

"Auf nach Luxemburg!" Und Christine fährt auf die Autobahn zurück.

6

Der Junge sitzt auf dem Beifahrersitz, schaut aus dem Fenster heraus. Sieht die vorbeihuschenden Landschaften. Immer wieder neue Bilder. Fahren an den Städten vorbei. Schon hatten sie das Ruhrgebiet durchfahren. Nähern sich Köln.

Christine macht einen kleinen Abstecher in die Innenstadt. Einmal gehen sie auf den Kölner Dom. Dann fahren sie weiter. Passieren Trier. Nähern sich der Grenze.

7

"Was wollen wir nun machen?" fragte Christine als sie in Luxemburg eintreffen.

Der Junge gibt keine Antwort.

"Michael, ich hab`s!", ruft Christine aus. "Wo könnten deine Eltern sein, wenn sie in Luxemburg sind?" drängte sie weiter.

"In der Nähe des Bahnhofs müssen sie sein. Da muß es ein Dancing geben."

"Und wie weit vom Bahnhof?"

14

"Bestimmt nur paar Minuten. Aber so genau weiß ich es nicht. Ich habe es nur einmal von Papi gehört."

"Weißt du wie das heißt?"

"Irgendwas mit Sterne!"

"Sag´ mal wie sieht denn deine Mutti aus?"

"Sie ist blond!"

Christine fährt durch die Stadt. Erreicht den Bahnhof. Stellt das Auto ab. Beide gehen dann das Dancing suchen.

"Das kann es sein!" sagte Christine. "Das l´etoil dürfte es sein. Ich werde mich heute Abend damals umsehen! Dann werden wir sehen, ob deine Eltern da sind. Wenn sie nicht hier sind, wo sind sie aber dann?"

Beide gehen zum Auto zurück. Abends schläft der Junge auf dem Rücksitz in eine Decke eingerollt. Christine geht zum l´etoil!

8

Noch immer steht sie vor dem Night-Club. Sie sieht wie die Leute hineingingen.

"Allo, Mademoiselle!" hört sie eine Stimme hinter sich. Sie dreht sich um. Ein junger Mann steht hinter ihr. Nun ist sie verwirrt. Das war ihr noch nie geschehen.

"Was kann ich für sie tun!" fragte er weiter.

Christine ist weiter verwirrt.

"Habe ich sie erschreckt?"

Schweigen.

"Aber das macht nichts!"

"Hallo!" sagte auch nun Christine.

"Nun endlich taut die Schöne auf!" bemerkte er. "Darf ich mich vorstellen. Mein Name ist Pierre Lamoureux. Und wie ist ihr Name?"

"Mein Name ist Christine!" war die Antwort.

"Und weiter?"

"Nichts weiter. Wohl neugierig!" lachte Christine. "Mein Namen verrate ich nicht. Trotzdem war es für Christine die Liebe auf den ersten Blick.

"Sagen wir doch du zueinander!" schlug Pierre vor.

"Gut. Dann kannst du mir helfen!"

"Gleich helfen, das find ich gut! Was soll ich tun?"

"Begleite mich in den Nigth-Club!"

"Was will den meine Schöne dort? Das ist doch wohl ein Scherz!"

"Nein, ich meine es wirklich ernst!"

"Nun gut, gehen wir. Soll wohl den Eintritt auch noch bezahlen!"

"Wenn Du Geld hast!"

"Aber die Getränke zahlst du? Was willst du überhaupt da drin, wenn man mal fragen darf!"

Beide gehen nun in das Lokal. Sie suchen sich eine kleine Ecke aus, um dann ungestört zu reden. Der Ober kommt. Nimmt die Bestellung entgegen.

"Nun erzähl mal, was hat dich denn nach Luxemburg verschlagen! Ich bin jetzt nämlich sehr neugierig!"

"Weißt du, Pierre, es ist ein komische Geschichte. Aber sage mir doch erst mal wo du herkommst."

"Ich komme aus Paris. Studiere dort an der Sorbonne. Und ich bin oft in Deutschland, dort habe ich meine Großeltern mütterlicherseits. Sie wohnen in Hannover."

"Hannover. Und da haben wir uns noch nie gesehen?"

"Warum?"

"Na, was glaubst du, woher ich komme."

"Zur Zeit sind die Semesterferien, und ich fahre ein wenig durch Europa!"

"So gut möchte ich es auch einmal haben!"

"Aber was jetzt kommt, ist nicht so erfreulich! Ich habe kein Geld mehr. Aber das Geld, was ich noch hatte, jetzt für eine mir vollkommen Unbekannte auszugeben, war eigentlich Wahnsinn. Aber, ich glaube, ich habe mich ..."

"Was Hast du?"

" ... in dich so verliebt! Für mich war es eine Liebe auf den ersten Blick!"

"Pierre, mir ging es genauso. Es gibt schon   in Deutschland verfolgt, oder das Fernsehen gesehen?"

"Was soll diese Frage?"

"Hast du, oder hast du nicht?"

"Aber was hat das damit zu tun?"

"Oh, eine ganze Menge. Dann wirst du auch vom Verschwinden des kleinen Michael Merlin gehört haben!"

"In der Tat, das habe ich. Aber was hat das denn mit dir zu tun?"

"Der kleine Michael schläft in meinem Wagen!"

"Was!" ruft Pierre erstaunt aus. Ihm bleibt der Mund offen stehen..

"Ja, ganz recht, du hast dich nicht verhört. Er schläft da wirklich. Du mußt nämlich wissen, dass er seine Eltern sucht!"

"Und du vermutest sie hier zu finden?"schlussfolgert Pierre.

Das Gespräch wird unterbrochen. Der Ober kommt mit der Bestellung.

"Dürfen wir gleich bezahlen?" fragte Pierre

"Das sind dann 25 Euro!"

Pierre und Christine prosten sich zu.

"Du glaubst sie in Luxemburg zu finden?"

"Ja, du mußt wissen, dass die Mutter von Michael Sängerin ist. Und hier tritt sie öfters auf. Der Kleine vermutet sie hier!"

Die Band spielte im Hintergrund. Es sang auch jemand. Doch Christine war es nicht.

"Wenn ich das hier so sehe, kommt mir der Verdacht, sie ist gar nicht hier. Vielleicht ist sie in der Schweiz!"

"Aber genau kannst du es nicht sagen?"

"Dann wären wir nicht hier gewesen. Die Schweiz ist zwar nicht groß; aber in welcher Stadt sollen wir suchen. Und so viel Zeit habe ich nun auch nicht. Man hat es doch schwer!"

"Ich kann dir bei der Suche helfen. Ich habe noch einige Zeit übrig. So schnell brauche ich nicht nach Paris kommen. Ich werde dir bei deiner Suche helfen, wenn du es gern annimmst!"

"Ich weiß nicht so recht!"

"Ja oder nein! Entscheide dich!"

"Ja," sagte Christine nach einigem Zögern.

"Na, endlich. Siehst du, es geht doch!"

"Pierre, trotzdem ist es nicht recht, was ich tue!"

"Da mache dir mal keine Sorgen, wir werden den Kleinen schon zu den Eltern bringen. Prost." Sie trinken aus. "Dann wollen wir das Lokal hier verlassen!"

Kurz darauf stehen sie auf der Straße.

"Was machst du denn nun, Pierre?"

"Ich gehe schlafen. Ich wohne bei einem Freund ganz in der Nähe!"

"Mensch, hast du es gut!"

"Wieso?"

"Du kannst wenigstens schlafen in einer Wohnung!"

"Ja, schon. Warum?" fragte Pierre erstaunt. "Aber zur Zeit ist mein Freund verreist, dem die Wohnung gehört. Du könntest mit Michael auch dort schlafen. Und nicht im Wagen!"

"Kann ich das wirklich? Das kann ich nicht annehmen?"

"Da frage ich nicht nach. Basta. Du schläfst im Bett. Und Michael nehmen wir mit."

Ob Christine wollte oder nicht. Pierre schleppte sie zu ihrem Wagen; Christine ließ sich freiwillig treiben.

Christine klopfte an die Frontscheibe. Michael schaute verdutzt aus dem Auto.

"Michael, aufstehen. Wir ziehen um für die Nacht." sagte Christine. "Mach das du wach wirst.

"Was ist?" fragte er, nachdem er sich die Augen gerieben hatte.

"Komm, los, aufstehen!"

Nun sieht Michael Pierre neben Christine stehen. "Wer ist das?" fragte er.

"Das ist Pierre!"

"Tag Pierre!"

"Wollen wir Freunde sein!" bot Pierre sich an.

"Mhmm. Freunde! Wo schlafen wir denn?"

"Da, wo Pierre wohnt!" antwortete Christine.

Bald waren sie in der Wohnung des Freundes. Michael wurde ins Bett gebracht. Christine legte sich in das andere Bett, und Pierre hatte bald darauf die Luftmatratze aufgeblasen. Er schlief auf dem Flur. Christine wünschte es so.

So waren aus zwei Helden nun drei Helden geworden.

Was mag der kleine Michael geträumt haben?

9

Anderntags blinzelte die Sonne durch das Fenster, und unsere Schläfer wurden wach.

"Christine, Christine, aufstehen!" schüttelt und rüttelt sie der kleine Junge wach.

18

"Ja, was ist denn, Pierre?" fragte vorwurfsvoll Christine.

"Ich bin's, Michael!"

"Auch du!" sagte Christine enttäuscht. "Wie spät ist es denn schon?" Sie sieht auf die Uhr. "Verdammt, es ist schon zehn Uhr!" Sie springt aus dem Bett, läuft zur Tür, öffnete sie und sieht Pierre noch schlafen.

Sie will ihn wecken, doch da wird sie schon von Pierre heruntergezogen, und sie wird geküßt.

"Hallo, Christine, auch schon wach?"

"Wie lange bist du denn schon wach?" fragte sie.

"Ich habe mich bereits gewaschen. Das Frühstück bereitet, und euch erwartet. Jetzt mache ich noch schnell den Kaffee, dann meine liebe Freundin, können wir nach dem Frühstück sofort losfahren.

Die drei gehen in die Küche. Vorher hatte sich Christine noch geduscht.

"Christine, was willst du nun machen?"

"Ja, wenn ich das selbst gern wüßte, Pierre!"

"Weißt du was? Ich werde mitfahren!"

"Nein, laß das mal sein! Ich habe den Jungen aufgenommen. Ich muß mit dem Problem allein fertig werden. Du kannst mir dabei nicht helfen."

"Aber, aber, was haben wir den gestern Abend abgemacht. Und was ist mit unserer Liebe. Wir lieben uns doch beide!"

"Sei doch vernünftig, Pierre, die Liebe ist vielleicht nur von kurzer Dauer. Da ist nichts gewiß!"

"Cherie, sage soo etwas doch nicht. Daß tut meinem Herzen weh. Ich möchte nicht daran denken. Ja, die Liebe ist schon ein komisches Ding, und wo sie hinfällt, da gibt es kein vernünftiges Denken mehr. ich liebe dich, ich liebe dich so sehr, Christine!"

"Pierre, laß und doch vernünftig sein. Du bleibst in Luxemburg. Es ist nun einmal besser so!"

"Ach was, ich höre immer, es ist besser. Du kommst mir wie mein Vater vor. Ich könnte ja dein Mann sein, und der Kleine unser Sohn!"

"Na, ich weiß nicht so recht!"

"Cherie, es ist wirklich besser so, wir sind ein Ehepaar, und damit Basta, wie einer eurer Kanzler öfters meinte!"

Noch immer isst Michael mit gutem Appetit.

19

"Michael, wenn du so weiter machst, dann ißt du noch den ganzen Kühlschrank leer!" sagte Christine, "wovon soll den Pierres Freund leben!"

"Aber das macht doch nichts!", erwiderte der Junge.

"Dir nicht, aber seinem Freund!"

"Christine, ich werde einen Brief schreiben, " meinte Pierre nach einer kurzen Überlegung heraus.

"Tu das, dann wird er wissen, das du nicht mehr hier bist"

Nachdem sie den Tisch leergeräumt, die Wohnung in Ordnung gebracht hatten, sind sie zu ihrem Auto gegangen.

"Wir werden durch Frankreich fahren, das scheint mir doch etwas besser!"

"Ich verstehe schon!" antwortete Christine.

"Und wo fahren wir hin in der schönen Schweiz?", fragte Pierre.

"Wir könnten ja mit Zürich anfangen. Da könnten sie sein. Und wenn nicht, fragen wir doch die Eltern vom Vater des Kleinen."

"Ich bin kein Kleiner!" rief es vom Rücksitz her. "Mein Vater wohnt nicht in Zürich. Hat aber doch dort einen Freund. Vielleicht weiß der wo sie sind!"

"Und das sagst du erst jetzt!" ärgerte sich Christine.

"Ich habe einfach nicht daran gedacht!"

"Und wenn er daran gedacht hätte," schmunzelte Pierre hinter dem Lenkrad, "dann wärst Du nie nach Luxemburg gekommen. Und nie hätten wir uns kennengelernt!"

"Das allerdings ist auch wahr!"

Da in Europa es schon lange offene Grenzen gibt passieren sie kurz darauf die Grenze zwischen Luxemburg und Frankreich. Fahren durch das Elsaß und nähern sich nach einigen Stunden der Schweizer Grenze.

Ohne große Probleme fahren sie in die Schweiz ein.

Ohne große Probleme erreichen sie auch Zürich.

Er fährt auf einen Parkplatz. "Ich werde jetzt eine Unterkunft suchen!" sagte sie. "Bleibt so lange hier, bis ich wiederkomme!" Und weg ist sie.

"Weg ist sie!" sagte Pierre.

"Weg ist sie!" sagte Michael.

Schweigen.

"Du liebst sie!" fragte der kleine Junge
Wieder Schweigen.
"Du, ich habe dich gefragt, ob du sie liebst?"
"Ja," antwortete Pierre.
"Das merkt man. Wie du sie mit Haut und Haaren verschlingst kann es nicht anders sein!"
Wieder Schweigen.
"Du, Pierre!" sagte der Junge in ein längeres Schweigen hinein.
"Kannst du nicht mal eine Zeitung kaufen. Drüben auf der anderen Seite der Straße ist ein Kiosk. Vielleicht steht etwas über mich drin!"
"Na, das wollen wir doch nicht hoffen. Ich habe zwar kein Geld mehr. Aber für eine Zeitung wird es wohl noch reichen. Warte!" Pierre steigt aus, geht zum Kiosk und kauft eine große deutsche Zeitung.
Christine kommt zurück. "Wo ist den Pierre?" fragte sie, als sie den Jungen allein im Auto sah.
"Er ist eine Zeitung kaufen gegangen?"
"Warum denn das?"
"Vielleicht steht etwas über mich drin!"
"Das glaube ich nicht! Michael ich habe ein Hotel gefunden. Wir beide werden da übernachten!"
"Und wo bleibt Pierre?"
"Der kann im Auto schlafen!"
Christine steigt ins Auto ein.
"Sag mal," fragte Michael, "liebst du Pierre?"
"Warum will der kleine Naseweis das denn wissen?"
"Mir hat er gesagt, dass er dich liebt!"
"Na, warte, Pierre. Komm du mir wieder!"
"Du liebst ihn, du liebt ihn!" rief der Junge laut heraus.
"Wenn du nicht gleich ruhig bist, dann werfe ich dich aus dem Auto. Dann kannst du deine Eltern allein suchen." Christine schaute fast böse auf den fröhlichen Jungen.
"Du!" sagte nach dem Lachanfall der Junge", da kommt Pierre.
Und richtig, Pierre kam mit einer Zeitung unter dem Arm zurück.
Als Pierre im Auto saß öffnete er mit Wohlbehagen die Zeitung; dann stutze er. "Hier ist ein kurzer Artikel!" und wird unruhig.
"Was ist es denn?", fragte schon ahnungsvoll Christine.

"Soll ich es vorlesen!"

"Na, mach schon! Ich bin neugierig!" sagte Christine.

"Na gut, also hier steht!" Pierre machte eine Kunstpause.

"Braunschweig am 10. Juli 2... Die Polizei berichtet, dass man immer noch keine Spur von dem kleinen Michael Merlin gefunden hat. Sie nimmt an, er ist einem Sexualverbrechen zum Opfer gefallen. Zur Auflösung des Falles setzt die Staatsanwaltschaft Braunschweig den Betrag von 10.000 Euro aus, wer Angaben über das rätselhafte Verschwinden machen kann. Sachdienliche Hinweise nimmt jede Polizeidienststelle entgegen. Ende des Artikels. Da haben wir es nun!" stellte Pierre nüchtern, ohne Ambitionen fest.

"Was. mehr nicht!" sagte der Junge enttäuscht.

"Na, du bist gut. So wichtig bist du auch wieder nicht. Bald wirst du auch nur eine Akte bei der Polizei sein. Eine unter vielen. Und nichts weiter!" pflichtete Christine Pierre bei.

"Hast du ein Hotel gefunden, Christine!" meldete sich Pierre.

"Ja, Pierre, und es ist noch nicht einmal so weit von hier. Den Wagen lassen wir hier stehen. Du übernachtest im Auto. Ich gehe mit Michael ins Hotel, denn der braucht seinen Schlaf!"

"Denkst du denn wenigstens an mich!"

"Der letzte Gedanke beim Schlafen gehen, der erste beim Aufstehen." Sie wandte sich an Michael: "Komm, gehen wir Michael!"

"Aber ich bin doch gar nicht müde!" maulte er.

"Wir wollen doch deine Eltern finden, oder?"

"Ja, das wollen wir!"

Beide steigen aus dem Auto. Pierre schaute ihnen nach. Christine hatte ihm die Autoschlüssel für alle Fälle überlassen. Jetzt kann er nicht mehr ihr Parfüm riechen. Das letzte Geld hatte er für die Zeitung ausgegeben. Im Auto kann er keinen Schlaf finden. Ebenso ergeht es Christine im Hotel. Nur der Junge schläft, schläft den Schlaf der Gerechten.

10

Am nächsten Morgen. Die Sonne scheint durch das Fenster.

"Aufstehen!"

"Kann ich nicht weiter schlafen?" drehte sich der Junge im Bett um.

"Raus aus den Federn!"

"Muß ich denn schon aufstehen?"

"Wir wollen doch endlich dich abliefern. Sag mal, wie heißt denn der Freund deines Vaters, oder weißt du das nicht?"

"Doch, das weiß ich schon," und Michael sprang aus dem Bett.

"Rolf heißt er. Ich nenne ihn immer Onkel Rolf."

"Und weiter?"

"Was denn weiter?"

"Mit Rolf kommen wir doch nicht weit. Wie geht der Name weiter!"

"Papi sagte einmal Maselmann oder so ähnlich! Genau weiß ich es nicht!"

"Weißt du denn vielleicht, wo der Onkel Rolf wohnt?"

"Ich weiß nur, daß er in Zürich wohnt. Neben einer Schule. Halt, jetzt fällt mir ein, daß er in Seebach wohnt. Die Straße weiß ich nicht, aber ich weiß wo das Haus steht, wo er drin wohnt."

"Dann laß uns jetzt zum Auto gehen!"

"Ich habe aber Hunger!"

"Ja, richtig, wir müssen doch noch Frühstücken. Vor lauter Sorgen um dich, habe ich das vergessen."

Sie gehen beide in den Speiseraum. Nach dem reichhaltigen Mahl verlassen beide das Hotel. Gehen auf das Auto zu. Pierre erwartete sie schon.

"Wird auch Zeit, dass ihr kommt!" sagte er vorwurfsvoll in Richtung Christine. "Und was machen wir nun?"

"Wir werden den Freund aufsuchen, der übrigens Maselmann heißt!"

"Hast du schon daran gedacht, ihn anzurufen!" schlug Pierre vor. "Dann weiß er, dass ein paar Unbekannte ihn besuchen wollen!"

"Hat der Onkel Rolf ein Telefon?" wollte nun Christine vom kleinen Jungen erfahren. "Oder etwa nicht?"

"Doch, das hat er, aber die Nummer weiß ich nicht!" kam als Antwort zurück.

"Dann versuche doch die Auskunft anzurufen!" riet Pierre.

"Wie viel Geld hast du denn noch?" kam als Frage zurück.

"Fast nichts mehr. Und Schweizer Franken schon gar nicht."

"Ich glaube ich habe noch ein paar Münzen, die ich beim bezahlen der Hotelrechnung erhalten habe."

Christine lief auf die nächste Telefonzelle zu, und wählte die Auskunft. Nach kurzer Zeit kam sie wieder zurück.

"Ich habe die Nummer. Sie ist 305 77 86."

"Hast du nicht gleich angerufen?"

"Das habe ich wohl. Aber es hat niemand abgenommen. Wir müssen es später noch einmal versuchen." Christine wandte sich an den Jungen. "Sag mal, hat der Onkel Rolf auch ein Handy?"

Michael sah hinauf. "Handy? Das hat er schon. Aber die Nummer kenne ich nicht."

Nun blieb den dreien nichts weiter übrig als den Tag abzuwarten. Vor lauter Langeweile sind sie dann an den Zürichsee gefahren.

11

Unser kleiner Junge steht am Ufer. Pierre und Christine sitzen auf einer Bank. Sie sind in ein lebhaftes Gespräch vertieft.

"Jetzt sind wir für einen Augenblick allein, Cherie!" und Pierre sieht sehnsüchtig zu seiner geliebten Christine hinüber.

"Ja, liebster Pierre!"

"Wie soll es eigentlich weitergehen wenn wir den Jungen abgeliefert haben?"

"Ach, Pierre, wenn ich das wüßte!"

"Na, dann wollen wir mal hoffen, dass Maselmann zu Hause ist, und uns darüber aufklären kann, wo die Eltern des Jungen stecken. Das ist zur Zeit unsere einzige Hoffnung." Pierre nimmt Christine in den Arm, zieht sie zu sich her, und küßt sie dann. "Und wenn das vorbei ist, dann heiraten wir!"

"Wie bitte?" schreckte Christine herauf. "Heiraten?"

"Ja, oder hast du Angst davor?"

"Angst habe ich keine. Aber auch noch nicht daran gedacht!"

"Dann können wir..."

"Da hinten kommt Michael angelaufen," unterbrach sie Pierre. "Sprechen wir später darüber!"

Und richtig. Michael kam angelaufen. Er ist mit seiner Kleidung am ganzen Körper naß.

"Was ist denn mit dir geschehen?" staunte Pierre.

"Ich bin ins Wasser gefallen!" weinte Michael nun.

"Nun weine doch nicht," beruhigte Christine den Jungen. "Komm, wir gehen zum Auto. Dort ziehst du die nassen Klamotten aus. Außerdem ist es sowieso ein warmer Tag. Das wird schnell getrocknet sein."

Gesagt, getan. Und bald nähert sich auch der Abend.

"Ruf noch einmal den Maselmann an!" schlug Pierre vor.

"Ja, das werde ich tun!" sagte Christine und verschwand wieder in einer Telefonzelle.

Sie tippt die Zahlen ein. Die Leitung ist besetzt. Sie versucht es noch einmal.

"Maselmann!" tönte es aus dem Hörer. "und mit wem spreche ich?"

"Hier ist Christine Waldermark. Sie kennen mich nicht. Aber ich bin auf der Suche nach Koni Merlin und Frau. Ich muß sie unbedingt sprechen. Aber nicht hier am Telefon!"

"Warum wollen sie sie suchen?"

"Das will ich am Telefon nicht sagen. Können wir sie in ihrer Wohnung aufsuchen?"

"So recht ist es mir aber nicht!"

"Es ist aber sehr wichtig!" drängte Christine. "Ich möchte mit ihnen persönlich reden. Außerdem bringe ich noch jemanden mit. Es wird sie überraschen!"

"Dann kommen sie zur Katzenbachstrasse 17!"

"Und wo ist das genau, wenn ich fragen darf?"

"Das ist in Seebach. In der Nähe der Endstation der Tram Nummer 14. Ich erwarte sie dann in einer Stunde!" Christine tritt aus der Telefonzelle, läuft zum Auto herüber, steigt ein und fährt los.

"Wo geht`s nun hin?" fragte Pierre

"Nach Seebach!"

"Aber falle mir nicht in den Bach des Sees!" lachte Pierre.

Nachdem sie durch die Stadt gefahren waren, erreichen sie auch die Endstation der Tram 14. Christine sah sich um. Es war kein Straßenschild zu erkennen wo darauf gestanden hätte: Katzenbachstrasse. Nachdem einige Passanten gefragt wurden, bekamen sie die Auskunft. Das Auto ließen sie auf dem Parkplatz stehen, gehen von der Tarmstation weg, ein Stück die Straße herunter, bogen dann nach rechts ab, und waren nach 200 Metern vor einem Haus stehengeblieben.

"Da ist die Hausnummer!" rief Michael.

"Ja, lass uns klingeln!" und schon drückte Christine den Klingelknopf.

"Wer ist es da?" tönte es aus der Wand.

"Waldemark. Wir haben uns am Telefon gesprochen!" Die Tür summte, und unsere drei Helden traten ein. Sie mussten noch eine Treppe besteigen, und waren dann im dritten Stock.

Maselmann stand an der Tür. "Guten Tag, ich bin Christine. Das ist Pierre!" stellte sie ihren Begleiter vor. "Und hier haben wir Michael, den solltest du schon kennen!"

"Guten Tag!" sagte Maselmann sehr verblüfft, als er den Jungen zu Gesicht bekam. Wo kommst du denn her. Die Polizei sucht dich doch in Deutschland!"

"Ja, sie sucht ihn!" antwortete Christine. "Doch lass uns erst einmal eintreten!"

Als sie in der Wohnung ihre Kleidung abgelegt hatten, traten sie ins Wohnzimmer ein.

An der Wand hingen sehr viele Postkarten. Dann war in der Mitte der Wand ein Poster mit einer kleinen schlafenden Katze, die durch ein Auge blinzelte, angeheftet. Weiter rechts neben der Katze war ein Poster aus mit dem Eiffelturm, das von unten bis zur Decke reichte. Von der Decke hing eine Adlerfeder. Rechts neben der Tür stand ein ausgestopfter Kranich.

"Nun erzählt mir mal," forderte Maselmann sie auf, "wie es kommt, dass der Junge mit Euch unterwegs ist?"

"Also, das war so ..." begann Christine zu erzählen

Nachdem Maselmann die Geschichte vernommen hatte, und auch nicht so recht wusste, was er darauf sagen sollte, meinte er: "Ach, so war das!"

"Ja, so ist das!" schaute Pierre auf Maselmann. "Und nun denken wir doch, dass sie die Adresse haben könnten, um den Kleinen abzuliefern!"

"Und ihr meint tatsächlich, dass ich die Adresse habe?"

"Ja, das denken wir!" antwortete Christine mit Hoffnung.

"Da habt ihr aber wirklich Glück gehabt. Die Adresse von diesem Monat habe ich noch. Wartet mal!" Maselmann verließ das Zimmer, um kurz darauf mit einem kleinen Büchlein wiederzukommen. Er blätterte in dem Buch und sagte dann: "Die Adresse lautet, schreibt mit, Ascona, Cabaret Moulin Rouge!"

"Sehr gut." antwortete Pierre. "Aber wir haben trotzdem ein Problem. Jetzt ist es schon spät abends. Und dürfen wir sie bitten, bei ihnen zu übernachten. Viel Platz brauchen wir nicht. Und morgen sind sie dann uns los."

"Na ja," überlegte Maselmann, "wenn es nur bei dieser einen Nacht bleibt. Ich werde übrigens euch bei Merlins telefonisch anmelden, falls ich sie erreiche, was bei den beiden manchmal auch nicht klappt. Aber das ihr Sohn vermißt ist, das dürften sie wissen."

Die drei schliefen also nun bei Maselmann. Der Junge schlief im Bett, während Christine und Pierre im Wohnzimmer schliefen. Sie auf dem Sofa, und Pierre auf ein Luftmatratze. Maselmann schlief in dem anderen Bett, was auch noch im Schlafzimmer stand.

12

Am nächsten Tag erreichen unsere drei Bellinzona, dann Locarno und schließlich auch das Ziel ihrer Reise: Ascona.

Viele Künstler hatten sich hier niedergelassen. So war es auch nicht verwunderlich, wenn man davon ausgehen konnte, dass die Eltern des kleinen Michael sich hier aufhalten sollten.

"Nun sind wir hier!" räusperte sich Pierre. "Vielleicht haben wir heute Abend schon deine Eltern gefunden!"

"Aber sicher ist es nicht!" warf Christine ein. "Pierre, wir werden sie bestimmt heute Abend finden. Ich habe so ein Gefühl!"

"Auf Gefühle gebe ich nichts! Fakten, Fakten müssen her!"

"Und wo wollen wir heute Abend wohnen?"

"Ja, wenn ich das nur wüsste!"

"Weißt du, wie ich mir vorkomme," lächelte Pierre. "Wie ein Filmschauspieler!"

"Da bist du bestimmt nicht der einzige, Pierre, denn mir geht es genauso. Das Leben gleicht einem Film. Ständig neue Bilder!"

"Und so sollte man das ganze Leben auffassen."

"Dann lass uns jetzt im Liebesfilm eine Unterkunft suchen."

Pierre und Christine fanden schließlich eine einfache Pension. Sie

stellten sich als ein Ehepaar vor. Nach einigem Zögern hatten sie was ihnen zusagte. Ihre Wirtin war eine füllige Matrone. Signora Rizotti.
Am Nachmittag bummeln sie durch Ascona. Sie finden auch das Cabaret. Im Schaukasten hingen die Plakate der auftretenden Künstler.
"Das da!" rief Michael "ist meine Mutti!" Er zeigte auf ein Foto.
"Dann sind sie also doch hier!" war Pierre erleichtert. Erleichtert deswegen weil er seine Christine für sich allein haben wollte. Ihm war es dann sehr recht, wenn er den Jungen abgeliefert hatte.
"Komm, gehen wir an den See. Seh´, die Sonne spiegelt sich auf dem Lago Maggiore!"
Nun machten sich unsere drei auf um an den See zu kommen. Der See liegt ruhig da, kein Windhauch ist zu spüren. Und die Sonne scheint mit aller Macht, um den Tag schön zu gestalten. Michael lief an den See.
"Fall mir nicht schon wieder ins Wasser!" rief erschrocken Christine.
"Nein, ich passe schon auf!" kam als Antwort vom See her.
"Christine, liebst du mich!" drängte Pierre wieder auf die junge Dame ein.
"Pierre, wie oft soll ich das Dir noch sagen. Du weißt, dass ich dich liebe!"
"Oft. Ich kann es nicht oft genug hören. Deine Stimme höre ich so gerne, ja, ich kann ohne dich nicht mehr sein. Ich kann mir ein Leben ohne dich, Cherie, nicht mehr vorstellen!"
"Aber, Pierre, sei doch nicht so dumm!"
"Was verstehst du denn unter dumm?"
"Nun, ja, so wie du mich ansiehst!"
"Kann ich dich nicht einmal ansehen!"
Inzwischen bewölkt sich der Himmel immer mehr. Wellen schlugen gegen die Ufer. Es wurde immer dunkler am Himmel; es schien so als würde jederzeit ein Unwetter über den kleinen Ort hereinbrechen.
"Laß uns in ein Café gehen!" sagte Pierre, und er blickte zum Himmel hinauf. Er sah sich um, sah den Jungen noch am See und rief ihm zu: "Michael, komm, lass uns gehen! Es kommt gleich herunter!"
Der Junge kam angelaufen.
Alle drei gehen in ein Café Sie setzen sich in die Nähe eines

Fensters. Der Ober kommt. "Was wünschen sie?"
"Zwei Espresso!" war die Antwort von Pierre.
"Mit oder ohne Rahm?"
"Mit bitte!"
Als der Ober gegangen war, gibt es ein helles Zucken, dann ein furchtbarer Donnerschlag, und kurz darauf kommt es in dicken Tropfen herunter. Ringsum dröhnt alles. Der Tag wurde zur Nacht. Blitze zuckten; dann die Donnerschläge. Alle Menschen suchen sich irgendwo einen Unterschlupf. Manchmal genügte schon ein Vorsprung.
Der Ober kommt und bringt den Espresso.
"Wir wollen gleich bezahlen!" rief Pierre, dem bereits enteilenden Ober hinterher.
Der Ober kommt nochmals zurück: "Das sind dann 6 Franken!"
Nach einer halben Stunde klärt sich das Wetter wieder auf.
"Was machen wir nun?"
"Laß uns nach Lugano fahren!" Pierre blickt sich um. Er sieht Michael nicht. "Weißt du, wo der Junge ist?" schaute er auf Christine.
"Michael!" rief sie. Keine Antwort.
"Michael! Michael!" rief sie noch mal. Aber wieder keine Antwort. Da sah sie einen Zettel auf dem Stuhl liegen. *Komme heute Abend wieder! Michael! Suche Mutti!*
"Laß mir den mal heute Abend kommen! Der schafft es doch nicht allein!"
"Aber immerhin ist er damals weggelaufen!"
"Der kommt schon wieder, da mache ich mir keine Sorgen!"

13

Michael ist aus dem Café gelaufen. Noch immer hat es geregnet. Doch es war nicht mehr so schlimm. Er geht wieder zurück. Es war doch eine Dummheit von mir, wegzulaufen, denkt er, sie werden sich Sorgen machen. Als er aber ins Café kommt, sind Pierre und Christine nicht mehr zu finden. Er dreht sich um, doch er sieht sie nirgendwo. Werde also nach Haue gehen.
Als er dann bei ihrer neuen Unterkunft ankommt, und klingelt die

Wirtin heraus. Signora Rizotti ist sehr erstaunt den Jungen allein zu sehen: "Wo sind deine Eltern?"

Ganz naß geworden ist der Junge trotzdem. "Du bist ja vollkommen durchnäßt. Komme herein!"

"Hatschi!" machte es.

"Und erkältet bist du auch. Wo hast du denn bei dem Unwetter gesteckt. Mein Gott, du mußt sofort deine Sachen ausziehen!"

"Ja, ich war draußen!"

"Du, das sieht man! Ich werde dir neue Kleidung geben; denn so kannst du auf gar keinen Fall mehr herumlaufen!"

Der Junge ist still, was soll er auch sagen.

"Komm, ziehe dich erst einmal aus!" sagte die Wirtin und ging aus dem Zimmer um kurz darauf mit neuer Kleidung wieder zu kommen. Sie rubbelt den durchnäßten Jungen ab. "Die Sachen sind noch von meinem Sohn; die werden dir schon passen!" war Signora Rizotti erleichtert, und dann sah sie ihn scharf an: "Wo kommst du eigentlich her, mein Junge?"

Soll er die Wahrheit sagen? Soll er sagen, dass er aus Deutschland kommt. Nein, das geht nicht; oder geht es doch? Soll er lügen. Aber was sagt er nur? Denn Pierre und Christine hatten sich als Ehepaar vorgestellt, und nun nahm Signora Rizotti an, dass der Junge der Sohn der beiden war.

"Ich komme aus Deutschland!"

"So," sagte Signora Rizotti, "aus Deutschland bist du also! Und woher kommt dein Vater?"

Der Junge bleibt stumm.

"Ich habe dich gefragt, woher kommt dein Vater. Und was macht er so?"

Soll er die Wahrheit sagen. Der Junge inzwischen hellwach geworden, merkt nun was er sagen muß. "Warum?"

"Ich möchte es gerne wissen!"

"Er arbeitet an der Uni als Assistent des berühmten Professors Lieberstein!" Irgendwann hatte der Junge das einmal aufgeschnappt, und dachte, dass erzähle ich ruhig.

Bald hatte er die trockenen Kleider angezogen. Sie passten ihm auch prächtig.

"Nun siehst du wieder recht ordentlich aus!" sagte Signora Rizotti.

"Aber bleibe bis deine Eltern kommen; denen werde ich eine gehörige Standpauke halten, dass ihnen hören und sehen vergeht." Dann überlegte sie. "Magst du Kaffee und Kuchen?"

"Ja ja," ruft der Junge.

Signora Rizotti ist schon aus dem Zimmer gegangen, um bald darauf mit dem besagten zurückzukommen. Michael greift zu, und hat darüber seine beiden Beschützer vergessen.

14

Christine und Pierre bummeln Hand in Hand immer noch durch Locarno.

"Was ist dieser Urlaub nicht schön, Pierre?"

"Es kommt mir wie ein Traum vor."

"Christine, willst du mich heiraten?"

"Liebling, das weißt du doch ganz genau!"

"Pierre, ich weiß doch gar nichts von dir. Ich weiß ja noch nicht einmal, ob du die Wahrheit gesagt hast. Auf Ehre und Gewissen, kommst du wirklich aus Paris?"

"Willst du an mir zweifeln, oder?"

"So war das nicht gemeint; aber ich wüsste gern, wer dein Vater ist und was er macht?"

"Ist denn dies so wichtig"

"Für mich schon!"

"Cherie, mein Vater ist Bankier!"

"Dann ist er, so werde ich`s mal sagen, sehr vermögend!"

"Man kann sich seine Eltern nicht aussuchen. Ich liebe meine Eltern. Sprechen wir doch mal von dir!"

"Von mir?" war Christine erstaunt.

"Ja, von dir. Was weiß ich den von dir. Fast nichts."

"Wie du weißt, habe ich zur Zeit Urlaub. Bin in einem großen Werk als Sekretärin beschäftigt."

"Und gefällt dir die Arbeit?"

"Um ehrlich zu sein: Nein! Ich kann mir etwas besseres vorstellen. So recht gefällt es mir da nicht!"

"So komme doch mit nach Paris!"

"Damit ich wohl in deiner Nähe bin!" lachte Christine.

"Schon möglich!"

"Meinst du das nun im Ernst?"

"Denkst du, ich mache jetzt ein paar Witze!"

"Aber ich kann doch nicht so gut französisch. Das wenige dass ich auf Schule gelernt habe."

"Französisch lernt man in Frankreich!"

"So, meinst du!"

"Wenn du erst drei Monate in Frankreich warst, dann sprichst du besser als ich!"

"Du bist ein Schelm! Wirklich?" fragte Christine voller Zweifel."

"Natürlich, mit mir als Lehrer wird das schon etwas werden!"

"Lust hatte ich schon immer mal nach Frankreich zu kommen!"

"Dann überlege doch nicht lange!"

"Und was werden deine Eltern dazu sagen, wenn Du plötzlich mit einer Freundin, die aus Deutschland kommt, auftauchst!"

"Ach was, mein Vater ist ein ganz patenter Kerl. Du wirst ihn ja kennenlernen."

"Ich bin aber eine Deutsche!"

"Meinst du, dass ihn das stört. Dann müssten sogar die Deutschen auf uns noch böse sein, weil es mal einen Napoleon gab. Und muß denn eine deutsch-französische Freundschaft nur auf dem Papier stehen. Aber es gibt überall Leute, die gegen irgend etwas sind. Wir sollten uns als wahre Europäer fühlen, um ein einiges Europa zu schaffen!"

"Recht hast du schon!" erwiderte Christine. "Alte werden durch Neue ersetzt. Ständig ist alles einem Wandel unterworfen. Und eines Tages kommt die Zeit, wo man uns danken wird... "

"Christine, rede doch weiter!" unterbrach sie Pierre.

"Wieso?" fragte sie verblüfft zurück.

"Ich liebe den Klang deiner Stimme; ich kann nicht anders, ich muß dich lieben!"

"Ich dich auch!"

"Ich möchte gleich mit dir nach Paris fahren!"

"Aber das geht doch nicht, das weißt du doch auch. Wir haben immer noch den Jungen bei uns, und den müssen wir erst einmal bei seinen Eltern abliefern."

"Ja, ich weiß. Und ich hoffe sie sind noch in Ascona. Und nicht das

Plakat noch da hängt, und sie sind schon wieder weitergereist!"

"Hoffentlich nicht, der Junge ist schon eine Last!"

"Aber ohne diese Last, na, du weißt schon ..."

"Ja, das Pierre ist es gerade. Es ist auch zu dumm.

"Dann lass uns zurückfahren."

Beide gehen zum Auto, steigen ein, und sind kurze Zeit später wieder in Ascona. Stellen das Auto auf einem Parkplatz ab, und gehen zu ihrer Unterkunft.

15

"Auf sie habe ich gerade gewartet!", schimpfte voller Zorn Signora Rizotti auf die beiden Heimgekehrten ein.

"Was, auf uns?" fragte unverstanden Pierre.

"Ja, ganz recht auf sie beide!" redete sie voller Zorn weiter. "Was denken sie sich einfach, dass Kind hier in Ascona frei herumlaufen zu lassen. Wissen sie überhaupt was hätte passieren können; aber davon will ich nicht reden. Außerdem mußte ich dem Jungen neue Sachen geben, damit er keine Lungenentzündung bekommen kann. Das nächste Mal passen sie besser auf, sonst melde ich das der Polizei.

"Ja, sie haben recht!" beschwichtigte Christine die aufgebrachte Wirtin. "Das nächste mal passen wir besser auf. Und danke schön, dass sie auf den Jungen achtgegeben haben!"

"Das will ich auch stark hoffen! Und wehe ihnen!" verschwand Signora Rizotti in ein Zimmer.

Während des Gespräches waren sie ins Haus eingetreten; Michael guckte aus einem weiteren Zimmer. "Da seid ihr ja endlich! Ich habe schon lange auf euch gewartet!" und lief auf Christine zu.

"Nun sind wir ja wieder da!" sagte Christine.

Und Pierre schloß sich ihr an: "Du brauchst wirklich keine Angst haben!"

"Wir verlassen dich nicht!"

Signora Rizotti, die die letzten Sätze gehört hatte, rief aus dem Zimmer: "Das ist gut! Das will ich auch hoffen.

Die drei gehen auf das Zimmer. Schon war es ein später Nachmittag geworden. Bald essen sie Abendbrot und bringen den kleinen Jungen ins Bett.

"Michael, wir werden jetzt deine Eltern aufsuchen. Vielleicht treffen wir sie!" meinte Christine.

"Ich will sie bald sehen!" schmollte der Junge.

"Immer langsam ,mit den jungen Pferden," sagte Pierre. "Die kannst du auch morgen noch sehen!"

"Nacht, Christine, Nacht, Pierre!"

Leise schliessen sie die Tür, nachdem sie zuvor das Licht gelöscht hatten.

"Pierre, weißt du denn wo das Moulin Rouge liegt?"

"Ich habe es schon beim Durchfahren gesehen!"

"Da müßte doch die Christina zu finden sei!"

"Wir werden sie finden! Und dann sind wir endlich allein!"

"Ich wusste ja, dass ihr euch liebt!" guckte noch einmal der Junge aus dem Zimmer.

"Na, willst du wohl, dass du ins Bett kommst!" schimpfte Christine.

Der Junge schloß die Tür.

"So ein Bengel!" sagte Pierre.

Und die Tür geht noch einmal auf.

"Ich bin kein Bengel!" stellte Michael fest.

"Okay, du bist keiner!" rief sich Pierre selbst zur Ordnung.

"Aber findet meine Eltern!"

"Michael, wir werden sie schon finden!" sagte Christine. "Und du mußt jetzt ins Bett gehen. Wahrscheinlich kannst du morgen früh deine Mutti und deinen Pappi sehen. Also, nun marsch ins Bett!"

"Wenn ihr es meint?"

"Wir meinen es nicht nur, wir befehlen es dir auch!"

"Ach, ihr seid böse!"

"Wir sind nicht böse; wir sind nur gerecht. Wir müssen es so machen. Du weißt doch, wir dürfen nicht auffallen. Du weißt doch, eigentlich hätte ich dich in Deutschland der Polizei übergeben müssen!"

"Du hast gehört, was Christine gesagt hat!" sagte Pierre, und wiederholte noch einmal die Worte Christines: "Marsch, ins Bett!"

Was blieb dem Jungen da übrig.

16

Nun endlich können Pierre und Christine ins Moulin Rouge gehen.
Als sie sich an den Dämmerschein gewöhnt hatten, stellten sie fest,
das Programm hatte schon angefangen.
"Gehen wir dorthin!" sagte Pierre und zeigte auf eine kleine Ecke.
Ein blondes Mädchen betritt die Bühne.
"Kann das nicht die Christina sein, die wir suchen?" fragte
Christine.
"Ja, ich glaube schon. Draußen hängen Bilder, aber so genau habe
ich nicht hingesehen!" erwiderte Pierre. "Lassen wir uns
überraschen!"
Der Ober kommt und unterbricht das Gespräch: "Was wünschen sie
bitte?"
"Zwei Bier!" bestellte Pierre.
Doch bevor sie die entscheidende Frage stellen konnten, war der
Befrackte wieder enteilt
"Verdammt!" entfährt es Pierre. "Le monde fou," schimpfte er
weiter.
"Sei nicht ärgerlich!" beruhigte Christine ihn. "Der kommt schon
wieder; dann kannst du die Frage stellen!"
"Ja, ärgern wir uns nicht darüber!"
Inzwischen hatte die blonde junge Frau angefangen zu singen: It`s A
Hap, Hap, Happy Day ...
"Das habe ich ja noch nie gehört!" meinte Pierre
"Kenne ich auch nicht!" schmiegte sie sich an Pierre. "Fragen wir
sie doch selbst!"
Der Befrackte kam zurück, und stellt die Biere auf den Tisch, und
wollte schon wieder enteilen.
"Halt!" schrie Pierre. "Nun mal nicht so schnell! Wir möchten von
ihnen was wissen!"
"So, was denn?" meinte er ärgerlich.
"Ist die junge Frau, die eben dort singt, Christina Merlin?"
"Ja, das ist sie!" und schon wieder wollte er enteilen,
"Mann, nicht so schnell! Können Sie der Sängerin einen Botschaft
überbringen!"

"Kann schon. Aber warum sollte ich?"

"Aha!" und er legte einen Zehnfrankenschein auf den Tisch. Der verschwand auch sofort in den Händen des Befrackten.

"Ich habe hier noch nichts gesehen!"

Schon lag ein zweiter auf dem Tisch. Pierre hatte eine Karte genommen, und eine Nachricht darauf notiert..

Karte und Geld verschwanden wie der vorhergehende Geldschein. Auch der Befrackte entfernte sich.

"Und das alles mit meinen Geld!" sagte Christine.

"Ja, ja!" lachte Pierre.

"Du hast doch einen reichen Vater. Warum gibt er dir denn nichts?"

"Er sagt immer zu mir: Du sollst erst einmal mit Geld umgehen lernen, dann bekommst du Geld. Ein Kapitalist ist er aber noch lange nicht!"

Raintrops Keep Falling In My Heart ... sang nun die Blonde auf der Bühne.

Dann war das Lied zu Ende.

"Siehst du, jetzt gibt ihr der Ober die Karte und zeigte auf den Tisch. Die junge Frau verschwand von der Bühne.

Nachdem sie sich umgezogen hatte, tritt sie wieder hervor.

"Pierre, ich glaube, jetzt kommt sie! Jetzt hat das Warten ein Ende."

Die Blonde sah sich um. Sie schien aber doch nicht kommen zu wollen.

"Das war aber nichts!" sagte mißmutig Pierre.

"Sie kommt dennoch, du wirst sehen!"

Nun schien die Blonde zielstrebig auf ihren Tisch zuzuhalten.

"Entschuldigen sie, haben sie die Karte geschickt?"

"Ja, es ist wichtig!" sagte Pierre.

"Darf ich mich setzen?" fragte sie.

"Gern!" und Pierre rückte einen Stuhl heran.

"Ich weiß zwar nicht, was sie von mir wollen, aber da ihr mich sprechen wollt, muß ich euch sagen, dass es der Chef nicht gerne sieht, wenn ich keinen Sekt trinke. Ihr könnt ja etwas anderes trinken"

"Dann beissen wir in den teuren Apfel!" sagte Pierre. "Übrigens, mein Name ist Pierre. Das ist Christine."

Der Befrackte erschien wieder.

"Bringen sie eine Flasche Sekt!"
Der Befrackte geht wieder.
"Wir könnten uns doch duzen!" schlägt Christine vor. "Bevor ich es vergesse, von wem stammt der erste Song!"
"Ich glaube nicht, dass ihr ihn kennt. Habt ihr schon mal etwas von dem Schweizer Teddy Stauffer gehört!"
"Nie, wer soll das denn sein?"
"War in den dreissiger Jahren eine große Nummer in Deutschland. Es war ein großes Tanzorchester: Teddy Stauffer und seine Original Teddies! Und was wollt ihr mir denn nun erzählen?" möchte neugierig geworden Christina erfahren.
"Es geht um Michael!" klärt Christine Christina auf.
"Um welchen Michael?"
"Um deinen Sohn!"
"Was!" schreit Christina so laut, so dass alle sich umdrehen. "Was ist mit Michael!"
"Hab´ keine Angst!" beruhigte die Pierre.
"Ist ihm etwas geschehen!"
"Nein! Ihm ist nichts geschehen!"
"Das glaube ich erst, wenn ich ihn sehe! Meine Eltern haben mich angerufen, er sei weggelaufen, und von ihm fehlt jede Spur! Ist er wieder in Braunschweig?"
"Nein!"
"Ist ihm etwas geschehen?"
"Ihm ist nichts geschehen. Ihm geht es ganz gut!"
"Das glaube ich erst, wenn ich ihn sehe!" zweifelte Christina.
"Wirklich ihm ist nichts geschehen!" sagte Pierre "So wahr ich hier sitze!"
"Gott sei dank!" Christina nippte an ihrem Glas.
"Könnten wir morgen deinen Mann sehen!" fragte Christine.
"Das könnt ihr. Wo aber ist Michael?"
"Du kennst doch Maselmann in Zürich, nicht wahr?"
"Ja, den kenne ich!"
"Wir waren bei ihm. Hat er euch nicht angerufen?"
"Nein!"
"Dann kannst du es auch nicht wissen?"
"Was nicht wissen?"

"Dass der kleine Michael hier in Ascona ist!"

"Was?", ruft Christina aus. Die Leute drehen sich wieder um. "Hier in Ascona?"

"Da sprecht ihr doch mit meinem Mann. Mich entschuldigt; ich muß zum nächsten Auftritt. Bis gleich!" Christina geht.

Als sie wieder auf der Bühne steht muß sie ihre Erregung unterdrücken. Endlich hat sie auch diesen, für sie jetzt qualvollen Auftritt beendet. Kurz darauf erscheint sie wieder am Tisch der beiden.

"Prost!" sagte sie noch einmal, nachdem Pierre ihr Glas neu eingeschenkt hatte. "Habt ihr noch genug Geld für heute?"

"Eigentlich nicht! Wir wollten nur dich treffen! Und immer wenn es Spaß macht, dann muß man gehen!"

"Ja," lachte nun doch auch Christina. "Übrigens gab es mal einen Sänger im ehemaligen Osten Deutschlands der sang: Ich mach so gerne Schluß, und dabei soll es bleiben; ich mach so gerne Schluß, man soll`s nicht übertreiben ..."

"Dann lass uns gehen!" sagte Christine zu Pierre.

Als sie aus dem Cabaret sind, sehen sie das Christina ihnen nachgelaufen kommt.

"Hallo, hallo!" rief sie. "Wartet doch einen Augenblick!"

Die zwei bleiben stehen.

"Wo soll denn mein Mann euch treffen?" fragte sie aus der Puste gekommen.

"Am besten wär es am Landesteg!" schlug Pierre vor.

"Gut. Dann wird er euch um 12 Uhr mittags treffen!"

"Warum erst dann?"

"Er muß ausschlafen!" Und Christina geht ins Moulin Rouge zurück..

Am nächsten Tag, schon drei Uhr in der Früh ist Christinas Tag beendet.

17

Schon um 2 Uhr nachts stand Konrad Merlin, gerufen Koni, mit dem Pekinesen Smoky vor dem Moulin Rouge.
Als Christina heraustrat bellte freudig Smoky auch sofort los.

Christina war leicht beschwipst.

"Hallo Koni! - Ach, du süßer kleiner Smoky!"

Koni trat auf Christina zu; gab ihr einen Kuss. Hinter Christina hatte noch ein Gast das Moulin Rouge verlassen. Der trat auf Koni zu, stieß ihn beiseite, und lallte beschwipst: "Komm mit, meine kleine Süße!"

"Das ist nicht eine kleine Süße!" erzürnte sich nun Koni. "Und noch lange nicht die deine! Merk dir das!"

"Hau ab!" redete der Zurechtgewiesene auf Koni ein. "Was willst du denn von mir, hicks?"

"Gleich werde ich`s dir zeigen!" wurde nun Koni im Gesicht rot, "was ich wohl von dir will!"

"Du! Von mir? hicks? Das kannst du gar nicht!" sagte der Betrunkene, und wollte nun Christina mit sich ziehen.

Nun endlich ... Da packte Koni die Wut. Und ehe der Betrunkene sich versehen hatte, lag er auch schon in der dreckigen und schmutzigen Gosse. Der Anzug bedurfte mehr als nur einer Reinigung.

"Da hast du´s !" sagte Koni nun recht zufrieden. "Und merke dir für alle Zeit, meine Frau ist noch lange nicht deine Süße - du alter Affe!"

Blabla röchelte er noch, dann war es still in der Straße.

"Ja, Christina, mit diesen Leuten sollte man keine Gnade kennen. Das hätten wir. Siehst du, da liegt wieder so ein Fischkopf im Graben. Doch bedauern sollte man die Leute nicht!"

Koni, Christina und der Pekinese Smoky verlassen die Stätte des Grauens.

Kaum dass sie in ihr teures Appartement eingetreten sind, und Christina wieder ein bisschen nüchterner geworden ist, setzt sie sich auf das Bett. "Du, Koni, ich habe heute einige interessante Leute kennengelernt. Die wissen, wo unser kleiner Michael ist!"

"Was sagst du da?" schaute Koni ungläubig drein.

"Ja, ich habe sie kennengelernt im Cabaret!"

"Sooo, und wo hält sich unser Kleine auf?"

"Hier - in Ascona!"

"In Ascona?" wiederholt staunend Koni und kann es nicht glauben.

"Ja, du sollst morgen Mittag gegen zwölf Uhr unten am See sie treffen. Am Landesteg!"

39

"Und den Kleinen wollen sie mitbringen?"

"Davon haben sie nicht gesprochen; aber ich nehme es mal an!"

Christina geht in die Küche, kocht etwas schnell. Und Koni geht wie immer einkaufen. Er wäscht ab. Spielt den Hausmann und managt seine Frau.

Smoky kommt an die beiden heran. Bellt.

"Smoky, dich haben wir ja ganz und gar vergessen. Mein Liebling, hast du Hunger?" fragte Koni den Hund.

Er scheint es zu verstehen, denn er bellt wieder.

"So, mein lieber Smoky!" sagte Christina, "du wirst gleich etwas bekommen!"

Der Hund wedelt mit seinem kleinen Schwänzchen.

"Smoky ist doch unser bestes Stück!" sagte Koni.

"Na, was ist mit Michael?" wirft Christina ein.

"Ach ja, Michael. Klar ist er unser wahrer Liebling." betonte Koni.

"Aber der Hund hat es besser als unsereiner. Er braucht sich nicht mit den vertrottelten Fischköpfen herum zu ärgern. Er braucht keine Menschen in die Gosse schicken, wie ich vorhin den Fischkopf!"

"Ja, Koni, du hast recht!"

Schweigen.

"Hauen wir uns ins Bett. Es ist sowieso schon morgen geworden. Ich muss den Wecker noch stellen, damit ich nicht verschlafe, und pünktlich am See bin!"

"Aber lass mich bitte schlafen!"

"Gewiß mein Schatz!" Und Koni zog das Weckwerk auf.

18

Es rasselte der Wecker.

"Verfluchter Wecker!" schimpfte Christine

"Was?" fragte schlaftrunkend noch Pierre.

"Ich sagte: Verfluchter Wecker. Aber wir müssen trotzdem aufstehen, Pierre!"

"Ach ja, müssen wir das?" und drehte sich im Bett auf die andere Seite.

"Wir müssen heute den Jungen abliefern!"

"Na, das hätte ich beinahe vergessen!"

Christine war schon aufgestanden. Sie stand vor dem Bett. Pierre, der nicht hören wollte, wurde von Christine kurzerhand aus dem Bett geworfen. Pierre polterte zu Boden.

"Verdammt, das tut doch weh!"

Es klopfte.

"Ist etwas geschehen?" fragte die Wirtin durch die Tür.

"Nein!" antwortete Christine. "Ein Langschläfer ist nur aus dem Bett gefallen." Und dann wandte sie sich an Pierre: "Pierre, es ist bald zwölf und wir wollen doch um diese Zeit an den See gehen!"

"Weißt du, wo Michael steckt?" meinte Pierre mißmutig.

"Keine Ahnung!"

"Frage doch die Wirtin!"

"Kann ich ja tun!"

Christine verläßt das Zimmer, geht über den Flur, klopft an die Küchentür.

"Ja, bitte!" rief Signora Rizotti.

"Entschuldigen Sie vielmals, wissen sie wo Michael ist!"

"Er ist schon hier gewesen. Wird wohl draußen sein!" Signora Rizotti geht an das Fenster, schaut hinaus. "Sehen sie, da ist er, mit meinem Jungen!"

"Dann bin ich beruhigt!"

"Gestern schien mir das aber nicht so!"

"Ja, gestern! Ich verspreche ihnen, auf meine Kinder aufzupassen!"

"Wollen wir hoffen, dass sie das Versprechen auch halten können!"

"Da können sie beruhigt schlafen, Signora Rizotti!"

"Na, na?"

"Bestimmt! Ehrlich!"

"Wer es glaubt wird selig! - Möchten sie einen Kaffee?"

"Da sage ich nicht nein. Können sie nicht auch eine Tasse für meinen Mann hinstellen!"

Christine geht zurück, und hat im Schlepptau Pierre, der sich in der Zeit angezogen hatte. Nachdem Frühstück verdrücken sie sich beide sehr schnell, und nehmen Michael mit, der noch immer mit dem Jungen spielte.

"Habt ihr sie gefunden?" ist er atemlos herangekommen.

"Wir haben deine Eltern gefunden!" sagte Pierre.

"Das ist fein!"

"Nun, ich weiß nicht. Dein Vater wird dir bestimmt etwas erzählen, und das dürfte nicht erfreulich sein!" warf Christine noch ein. "Aber Angst brauchst du nicht zu haben. Er wird dich schon nicht auffressen!"

Da nahmen sie den kleinen Jungen in ihre Mitte und spazierten in Richtung See. Es schlägt zwölf an der Uhr, als sie den See erreicht haben. Doch niemand ist da.

"Die haben uns wohl vergessen!" riet Pierre.

"Das glaube ich nicht!", sagte Christine. "Sie haben vielleicht nur verschlafen!"

"Du!", erregte sich Pierre. "Da kommt wer!"

"Wo?" meinte Christine.

"Siehst du nicht den, der ein Hündchen führt!"

"O ja, jetzt sehe ich ihn auch. Er scheint jemand zu suchen!"

"Das ist mein Papi!" meldete sich der kleine Junge zu Wort..

"Er kommt auf uns zu!" stellte Christine fest.

Richtig. Mit dem Pekinesen an der Leine kommt Koni an der Uferpromenade entlang. Smoky erkennt Michael, und reißt stürmisch an der Leine. Der Mann mit dem Hund trat heran. "Ihr seid wohl Christine und Pierre?" begrüßte er sie. "Ich bin Koni! Und den Ausreißer habt ihr auch mitgebracht!"

"Tag, Papi!"

"Gehen wir!" sagte Koni.

"Wohin?" fragte Michael.

"Nun, nach unser Heim hier!"

Und so gehen die drei durch die kleinen Gassen von Ascona, um kurz darauf in der Wohnung Christina gegenüber zu stehen.

Als die drei in dem Zimmer standen und sich gesetzt hatten, fragte Christine: "Konntet ihr nicht nach Deutschland kommen, als der Junge verschwunden war?"

"Wie wären gern gekommen," gab Koni zur Antwort. "Aber die Verträge, die haben uns gebunden. Ihr müßt wissen, dass man als Künstler, wenn man nicht gerade berühmt ist, gar nicht in gutem Ansehen steht. Die Fischköpfe glauben ja doch tatsächlich, dass sie mit uns alles machen können; aber da irren sie sich. Ja, dass er weggelaufen ist und nicht mehr aufzufinden war, das hat man uns schon mitgeteilt. Allerdings wären wir auch so nicht nach

Deutschland gefahren; was hätten wir gewonnen? Nicht! Den Jungen hätten wir sowieso nicht so schnell gefunden, und wir hätten uns noch eine Konventionalstrafe geholt. Das war nun, nachdem der Junge nicht auffindbar war, die Sache nicht wert. Ich sage euch: Als Künstler hat man es nicht leicht!"

"Und wie gefällt es euch in der Schweiz?" fragte Christina.

"Ein nettes Ländchen! Und eine dufte Gegend ist es schon. Nur ein wenig teuer!"

"Wer Geld hat, der kann hier gut leben!"

"Geld muss man haben!" bestätigte Koni.

"Aber ein Problem haben wir trotzdem noch!" warf Pierre ein.

"Und welches?"

"Wie wir unserer Wirtin klar machen, dass wir keinen Jungen mehr haben!"

"Das ist doch nicht so schwer!" sagte Koni. "Ihr fahrt wieder ab!"

"Wie? Abfahren?"

"Ja, ganz recht. Aber nur zum Schein. Sagen wir mal bis Locarno, oder wohin ihr sonst wollt!"

"Der Gedanke ist nicht schlecht!" stimmte Christine zu.

"Seht ihr!" war zufrieden Koni über seinen Vorschlag.

"In der Tat Christine, das ist die beste Lösung. Mit Michael fahren wir wieder los. Das fällt nicht auf. Und ein paar Straßen weiter steigt er wieder aus, und Koni nimmt ihn in Empfang.

So einigte man sich schnell.

19

"Signora Rizotti, wir möchten heute schon abfahren!" eröffnete Pierre ihrer Wirtin ihre Absicht!"

"Aber sie sind doch gestern erst gekommen!"

"Das schon. Aber wir möchten trotzdem abfahren!"

Und so bezahlt Pierre die Rechnung für eine Nacht.

Michael nehmen sie mit in ihrem Auto, um den kleinen Jungen ein paar Ecken wieder abzusetzen, um ihm seinen Vater zu übergeben.

"Was wird nun geschehen!", fragte Pierre Koni.

"Weiß ich noch nicht. Doch der Junge muss wieder nach Deutschland zurück. Nur wie anstellen."

"Das ist ein Problem!"

"Ja, und nun vor allen Dingen mein Problem! Aber es müßte zu schaffen sein! Ich werde Michael überzeugen müssen, dass er zur Schule gehen muss Das ist klar. Ein junger Mensch muss lernen. Bevor er in die Schule kam, hieß es, dass die Eltern oder die Mutti sich mit den Kleinen an der katholischen Kirche treffen. Da habe ich zurückgeschrieben: Wir hätten etwas besseres zu tun, als dort mit hin zu gehen. Eigentlich müßte ich das ganze Schulrevisor erschiessen. Und dann sind sie eines Tages gekommen, Michael müsste zurückgestellt werden, nun ja, weil er in der Schule nicht mitkommt. Das haben sie dann getan. Der Junge ist eigentlich sehr intelligent; aber dies Schulsystem nimmt doch auf die Schüler gar keine Rücksicht, und schon gar nicht auf die Kleinen. Nun ist einer mal früher entwickelt als ein anderer. Das ist eben das Leiden der jungen superklugen Kinder: sie bekommen den Stoff so schnell intus, dass ihnen der Unterricht als langweilig erscheint, und sie daher als zurückgeblieben klassifiziert werden. Es wird eben nach dem bürokratischem Vorgaben gehandelt. Da wird zwar den Kindern etwas eingepaukt, was sie wissen müssen; das ist auch notwendig; doch der kleine Mensch bleibt als solcher auf der Strecke liegen. Es wird zwar viel gemacht, aber vor lauter Reformen bleiben die richtige Reform auf der Strecke liegen. Du glaubst doch wohl nicht, dass ich noch einmal zur Schule gehe!"

"Koni", sagte Pierre, "da hast du vollkommen recht!"

"Natürlich habe ich recht. Zur Schule gehe ich nicht noch einmal. Sollen sie doch erst einmal so viel Fremdsprachen lernen wie ich. Das scheint mir wichtig zu sein für die heutige Zeit. Es ist alles so maßlos traurig!"

"Na, so schlimm wird es doch noch nicht sein!"

"Du weißt ja gar nicht, was sich in Deutschland so alles abspielt. Mir können sie da nichts vormachen!"

"Übertreibe nicht!!" flüsterte leise Christine.

"Ja, ja, ich übertreibe auch maßlos!" brüllte er zurück.

"Du hast aber einen Zorn auf die deutschen Behörden!"

"Das stimmt. Michael gehen wir!" und Koni nahm seinen Sohn an die Hand.

"Wo seid ihr eigentlich nächsten Monat?" fragte Pierre.

"Und was macht ihr jetzt?" fragte Koni zurück.

"Du! Pierre, was machen wir denn jetzt?" warf Christine ein.

"Lass uns doch nach Paris fahren!"

"Meinst du das denn wirklich?"

"Gewiß, Cherie, du mußt meine Eltern kennenlernen!"

"Und wie kann man euch erreichen?" sagte Koni und nahm schon ein Blatt Papier und einen Stift zur Hand.

"Ich werde dir jetzt meine Adresse geben!" Und Pierre zog eine kleine Visitenkarte aus seiner linken Brusttasche. "Das ist die Adresse meiner Eltern."

"Ihr bleibt in der Schweiz?" fragte Christine.

"Nächsten Monat sind wir in Genf!"

"Doch was macht ihr dem Jungen?"

"Wissen wir noch nicht!"

Pierre drängte Christine in das Auto hinein; sehen noch einmal auf die drei: Vater, Mutter und Sohn, winkten zurück und Pierre startete den Wagen und kurz darauf war er nicht mehr zu sehen.

"Komm, Michael, lass uns gehen!" sagte Koni.

20

Nun ist Michael, der kleine Ausreisser, mit seinem Vater zu Hause angekommen. Christina steht mit dem Smoky an der Leine vor dem Haus.

"Michael, du machst uns aber große Sorgen!" sagte Christine.

"Mache ich das?" schmollte Michael.

"Ja, das machst du wirklich. Du weißt gar nicht in was für eine Lage du uns gebracht hast."

Der Junge schüttelte heftig den Kopf. Nun versteht er auch seinen Vater nicht mehr. Warum schimpft er? Warum nur? Michael versteht die Welt nicht mehr. Warum kann ich bei Mutti und Vati nicht bleiben? Nur darum, weil sie Künstler sind. Und ich muss in die Schule, sagt Papi.

"He, Michael, träumst du?" rüttelte Christina ihren Sohn.

Der Junge rührte sich nicht.

"He! Träumst du?" fragte sie wieder und rüttelt noch kräftiger um ihn aus seiner Traumwelt zu reissen.

"Ja, was ist?" fragte er verwirrt.

"Hast du zugehört, was dein Vater gesagt hat?"

"Was hat er denn gesagt!" wurde der Junge trotzig, und ist immer noch verwirrt: Jetzt denkt er: so was blödes, die wollen mich doch wieder nach Deutschland schicken!

Koni dagegen denkt: was mache ich jetzt bloß, dass Michael nach Deutschland zurückkommt; und wie erkläre ich den Behörden, wie er nach Ascona gekommen ist. Er findet keine Antwort auf seine Frage.

21

Am späten Abend wurde wieder der Christina bewußt, dass sie auch noch in das Moulin Rouge muss, während Koni sie bis vor den Eingang begleitet; und Michael liegt im Bett!

Liegt er denn wirklich im Bett? Nein, schon ist er wieder aufgestanden. Gerade ist er sich am ankleiden. Nimmt etwas Geld aus der Geldbörse seiner Eltern. Flugs öffnete er die Tür, guckt ob keiner guckt und schleicht durch die Finsternis nach draußen; während auf den Straßen keine Menschen zu sehen sind läuft er zum See. Auf einer kleinen Bank legt er sich schlafen.

Am anderen Morgen schleicht die Kälte durch seinen Körper. Er läuft zur nächsten Bushaltestelle, um auch sich aufzuwärmen. Im Bus wärmt er sich auf, nachdem er den Fahrpreis nach Locarno bezahlt hat. Und von Locarno kauft er sich eine Fahrkarte nach Basel - mehr Geld hat er nicht.

Mit dem Schnellzug nach Basel trifft er dann auch gegen den Nachmittag in Basel ein.

22

Am Abend zuvor! Koni kam nach Hause, aber noch merkte er nichts. Sah mal kurz im Zimmer nach, und war nun der Meinung, dass der Junge in seinem Bett lag.

Am anderen Morgen kommt Christina nach Hause. Wieder war sie leicht beschwipst. Koni, der sie abholen wollte, hatte verschlafen, und drehte sich im Bett herum. Christina sieht im Zimmer, aber noch bemerkte sie nicht, dass Michael nicht im Bett lag. Dann sah sie genauer hin und stellt mit großem Schrecken fest, als sie die Bettdecke wegzog, dass von ihrem Michael keine Spur darin war. Sie begreift es sofort, der Ausreißer war wieder ausgerissen. In Panik rüttelt sie Koni wach. Koni wiederum ist immer noch schlaftrunkend.

"Los, los mein lieber aufstehen!" ruft sie sehr laut.

"Was gibt es denn mein Schatz?" fragte er unwillig,

"Michael ist fort!"

"Wer ist fort?"

"Michael!" schreit Christina ihn an.

Koni wird mit einem Schlage hellwach. "Ist er denn nicht da?"

"Nein! Weißt du wo er ist?" ist besorgt Christina

"Warum?"

"Er ist nicht mehr da. Unter seinem Bett lag diese Wolldecke. Er muss schon gestern nicht mehr dagewesen sein!"

"Verdammt! Er ist schon wieder weggelaufen!"

"Er sollte aber noch in Ascona sein!" meinte Christina.

"Meinst du?"

"Ja, komm", sprang er aus dem Bett. "Lass uns den Bengel suchen!"

"Ob das wirklich Erfolg bringt?"

"Weiß ich`s? Aber wir müssen es versuchen. Du suchst den See ab; ich die verwinkelten Gassen!"

"Wenn du meinst? Um elf treffen wir uns wieder!"

"Du zweifelst daran, dass wir ihn finden!"

"Ich glaube schon. Er wird den beiden hinterher reisen!"

"Ohne Geld?"

"Dann schau mal in der Geldbörse nach!" schlug Christina vor.

Koni kramte in seiner Tasche nach seiner Börse und als er sie öffnete wurde es ihm im Gesicht kreideweiß.

"Nun, was ist denn?" spannte Christina Koni an.

"Du, da fehlen 250 Franken!"

"Da haben wir die Bescherung!"

"Dann erledigt sich doch die Frage, ob er noch in Ascona ist. Vielleicht ist er nach Locarno gefahren, und dort versucht er den Zug zu erreichen!"

"Aber nach Paris wird er kaum kommen! Das Geld reicht nicht!"

"Unterschätze mir den Jungen nicht!", warf Koni ein.

47

Eiligst verlassen sie das Haus. Christina geht durch Ascona während Koni zur Bushaltestelle geht. Schon beim vierten Fahrer hat er Glück. Dieser erklärte ihm, dass eine Junge allein nach Locarno gefahren sei. "Entschuldigen Sie?" zog Koni eine Fotografie aus seiner Tasche und zeigte sie dem Busfahrer. "Haben Sie diesen Jungen gesehen?"
Der Fahrer nimmt das Foto in die Hand, setzt seine Brille auf, sieht auf das Foto, das er bald dicht vor seiner Nase hält. "O ja, dieser war es! Da bin ich mir ganz sicher!"
Koni trifft Christina wieder zu Hause an.
"Hast du etwas erreicht?" fragte Christina.
"Ja", antwortete Koni. Er ist mit dem Bus gefahren!"
"So`n Mist!"
"Und in Locarno wird er dann weitergefahren sein. Ich vermute, er wird den beiden hinterherfahren wollen. Er hat doch gehört, dass die beiden nach Paris wollten!"
"Da kommt der Junge nie hin!"
"Weißt du das so genau? Ich werde jedenfalls ein Brief schreiben!"
"Tu das!" sagte Christina.
Obwohl Konis Stärke nicht gerade das Briefeschreiben ist, schreibt er doch einen langen Brief an die Pariser Adresse.
"Währenddessen fällt Christina in den wohlverdienten Schlaf. Dann bringt er den Brief zur Post, und unterwegs trifft er noch ein paar bekannte Künstler, die er von früher her kennt.

23

Nun irrt der kleine Junge schon wieder durch die große Welt verlassen umher. Zur Zeit steht er auf dem Bahnhof in Basel. Wo will er nun hingehen. Er kann nicht länger hierbleiben ohne dass es auffällt. Und langsam wird es dunkel. Nacht senkt sich über Basel und seinen Bahnhof. Der Junge überquert vorsichtig die Gleise, und endlich kommt er an einen abgestellten Zug. An einem Wagen ist ein Laufanzeiger dran. Er buchstabiert das Wort an dem Waggon: P A R I S. Leise steigt er in den Wagen ein. Kaum dass er drinnen ist hört er draußen Stimmen. Er legt sich auf die Sitze. Doch es sind nur die Rangierer, die an dem Zug vorbeilaufen. Er hat es geschafft. Er ist in

48

einem Wagen, der nach Paris abgehen soll. Eine Lokomotive fährt gegen den abgestellten Zug. Wieder ein Pfiff. Die Lokomotive setzt sich in Bewegung und stellt den Zug auf dem französischen Bahnhof bereit. Der Junge springt von den Sitzen herunter und flüchtet in die Toilette; und es war rechtzeitig, denn schon gehen die Türen auf und die Reisenden nach Frankreich streben auf ihre Plätze. Da die Schweiz von der Europäischen Union umschlossen wird, sind die Zoll und Grenzkontrollen fast nicht mehr vorhanden. Trotzdem hatte der Junge sich auf der Toilette eingeschlossen. Dann dauerte es noch eine Stunde und plötzlich merkt der Junge, dass der Zug sich in Bewegung setzte. Er schläft sogar ein; aber er schläft nicht besonders gut; und überhaupt muss man bedenken, dass er froh sein kann, eine Möglichkeit gefunden zu haben nach Paris zu kommen.

Am anderen Morgen erreicht der Zug den Gare de l`est. Er öffnet die Toilette vorsichtig. Schon kommen die ersten Reisenden mit ihren Koffern und Taschen und stellen sich an die Tür um als erste aussteigen zu können.

"Ici Paris!" hörte der Junge sagen. Er versteht nicht viel, aber was er versteht ist: er ist am Ziel angekommen: er ist in Paris.

Wird er auch die beiden finden? Er weiß nicht wie groß Paris ist. Er weiß nicht wo sie wohnen. Ja, er weiß eigentlich nichts. Wie will er sich da in Paris zurechtfinden.

24

Währenddessen haben unsere zwei Liebenden die ganze Schweiz durchfahren, und nähern sich auch nun Paris.

"Pierre, wann willst du mich deinem Vater vorstellen?"

"Christine, warte doch ab!"

Sie fahren in einem großen Bogen um die Stadt herum, und fahren in den 20. Bezirk.

"Fahre um die nächste Ecke; dann fahre auf ein großes Tor zu, und wir sind da!" wies Pierre Christine an.

"Das sind ja alles Villen!", staunte Christine.

"Ja, das stimmt, hast du denn etwas anderes erwartet?"

"Ich weiß nicht!" sagte Christine. "Jetzt sind wir wohl da!", und sie hält vor einem großen schmiedeeisernen Tor.

49

Pierre steigt aus dem Wagen aus. Er läuft auf eine Sprechanlage zu und redet hinein; kurz darauf öffnet sich automatisch das Tor; er läuft zurück, setzt sich wieder neben Christine in den Beifahrersitz. "Jetzt kannst du fahren!"

"Ich hätte nie gedacht", lachte Christine, "dass ich einmal den Boden Paris so betreten werde. Noch dazu in dieser noblen Gegend!"

"O ja, man weiß Gott sei Dank nie was einem noch im Leben widerfährt. Das ist auch gut so. Im übrigen wirst du gleich meine Mutter kennenlernen. Sie ist eine patente Frau. Wäre sie nicht meine Mutter, ich würde sie heiraten!"

"Und was würde dein Vater dazu sagen?"

"Ich heirate ja nicht meine Mutter. Wenn ich heiraten werde, dann natürlich nur dich! Du bist genau der richtige Typ!"

Der Wagen fährt in einem großen Bogen vor das Haus. Mutter und Vater Lamoureux stehen auf einer kleinen Anhöhe vor dem Haus, und sehen erstaunt einen schäbigen Wagen heranfahren. Sie sehen dann die beiden aussteigen.

Pierre lächelt seine Eltern an. "Darf ich euch Christine vorstellen!"

"Bon jour!" sagte der Vater.

"Bon jour!" sagte die Mutter. "Kommen sie doch herein. Die Freunde von Pierre sind auch unsere Freunde!"

Der Vater brummt etwas, was man als Zustimmung auffassen konnte.

"Wie habt ihr euch denn kennengelernt?" wurde er recht neugierig. "Los Junge, erzähle mal!"

"Alles der Reihe nach!" rief Pierre aus dem Hause heraus. Denn inzwischen war er mit seinem Gepäck im Haus verschwunden

Am Abend saß die Familie beisammen und plauderte über das seltsame Zusammentreffen der beiden.

"So!", meinte kopfschüttelnd der Vater. "Und alles wegen des Jungen!"

25

Der Junge, von dem der Vater Lamoureux sprach hatte den Bahnhof verlassen und stand nun in der großen Stadt allein. Er irrt durch Paris. Paris ist verdammt groß und wenn man klein ist, dann kommt einem Paris noch größer vor. Wie soll er da Christine finden? Wenn es durch ein Zufall wäre. Aber solch ein Zufall, nein, den wird es nicht geben. Aber den Mut will er nicht verlieren. Er will Christine finden. Und der Junge zieht die Straßen entlang. Aber wo will er mit dem Suchen anfangen? Auch bekommt er Hunger! Wo nun hin? Wo bekomme ich das Essen her. So schleicht er jetzt, es war bereits wieder Abend geworden, durch das hell erleuchtete Paris. Und der Magen knurrt. Dann geht er in eine der vielen Nebenstraßen und kauerte sich in eine Ecke und schläft kurz darauf ein.

26

Am anderen Morgen, wieder in der gleichen Stadt. Die zwei schlafen noch. Jeder in einem anderen Zimmer, darauf bestand Madame Lamoureux. Bei dem Frühstück trifft sich die ganze Familie wieder.

"Pierre, wann sagst du es ihm?" drängte Christine.

"Was, Cherie?"

"Nun, du willst mich doch heiraten!"

"Das hat noch Zeit!" Und beide gehen wie auf Kommando vom Tisch weg.

"Wo wollt ihr hin?" rief Madame Lamoureux hinter den beiden her.

"Ich werde Christine Paris zeigen!" sprach Pierre und war kurz darauf aus dem Haus mit seiner Liebsten gelaufen.

Diesmal fährt Pierre. Pierre hat einen eigenen Wagen. Es ist ein Sportwagen. Als er nach Luxemburg in seinen zerschlissenen Jeans trampte hatte er ihn zu Haus stehen lassen. Christines Auto wurde in die Garage gefahren.

In Paris selbst herrscht wie immer das alltägliche Chaos auf der Straße Pierre fährt über den Place de la concorde auf die Champs Elysee. Irgendwo findet er einen Platz wo er seinen Wagen abstellen kann, und beide gehen dann auf die Prachtstraße. Pierre führt Christine in ein gepflegtes, auch teures Geschäft, mit einer sehr gediegenen Atmosphäre.

"Was kann ich für sie tun?" kommt ihnen eine Dame in ihrem besten Alter entgegen..

"Wir würden gerne ein Kleid für Mademoiselle kaufen!"

51

"Dann kommen Sie doch bitte mit!" und sie geht voraus zu einem Fahrstuhl. In der dritten Etage sieht man teure Kleider hängen. Und Christine probiert sehr viele davon aus. Mann, so denkt sie, wann bekomme ich wieder so schnell die Gelegenheit mir das anzutun. Nur über den Preis erschrickt sie; Pierre scheint das gar nicht zu rühren Ein Kleid von Dior stellt sie erschreckend fest. Ohne mit der Wimper überhaupt zu zucken, bezahlt er die Rechnung.

Und dann zeigt er ihr noch Paris.

27

Der kleine Junge ist wieder aufgewacht. Er irrt immer noch durch Paris. Geld hat er keines. Wie soll er sich da etwas zu essen kaufen.

Da muss er, ob er nun will oder nicht zu einem kleinen Dieb werden. In einem Würstchenstand bedient er sich ohne zu bezahlen.

"Ein Dieb! Ein Dieb!" schreit laut der Verkäufer über die ganze Straße

Doch bevor er den Jungen fassen kann, trägt ihn die Menschenmenge hinfort und ist dann im Gewühl der Passanten untergetaucht. Plötzlich läuft er gegen einen Polizisten.

"Hast du denn keine Augen im Kopf?" schimpfte dieser.

Der Junge versteht ihn nicht und läuft weg. Der Polizist schüttelt mit dem Kopf und denkt sich: na so was!

Der Junge läuft und läuft und läuft ...

Das gleiche Spiel wiederholt sich noch ein paar mal. Doch bei einem Mal hat er schlechte Karten: ein aufmerksamer Passant, der ihn schon eine längere Zeit beobachtet hat, kann ich festhalten. Was tun? denkt sich der Junge nun. Rasch beißt er dem unbescholtenen Bürger kräftig in die Hand. Der Passant schreit laut auf und läßt den Jungen los. Und der ist wie ein Blitz sehr schnell verschwunden.

28

"Es ist ein Brief angekommen. Sogar per Einschreiben!" rief Christine ihren Pierre herbei.

"Von wem denn?" fragte erstaunt Pierre.

"Aus der Schweiz. Von Koni!"

"Dann öffne ihn schnell. Da bin ich aber neugierig was sie so wichtiges zu schreiben haben, dass der Brief mit Einschreiben kommt."

"Das tue ich!" öffnete Christine den Brief und ein Blatt schwebte zu Boden, direkt vor Pierres Füsse; er hebt in auf.

"Nun, was steht drin!" ist Christine neugierig.

"Er schreibt:

Seitdem ihr weg seid, ist unser kleiner Michael auch verschwunden. Aus der Geldbörse hat er 250 Franken herausgenommen. Vielleicht will er euch nachfahren, obwohl ich daran zweifele, dass er bis nach Paris kommt. Sollte er doch dort eintreffen, dann schreibt mir. Wir sind noch diesen Monat in Ascona. Koni und Christina.

"Was!" rief Christine erschrocken aus. "Er ist wieder ausgerissen."

"Ja, Cherie hier steht es!"

"Aber ohne Hilfe kommt er doch gar nicht nach Paris oder nach Frankreich gar hinein!"

"Weißt du das so genau?"

"Das natürlich nicht. Ich weiß nicht, was in so einem kleinen Köpfchen vorgeht."

"Aber wie soll er sich in Frankreich zurecht finden?"

"Weiß ich es denn?"

"Nein!"

"Vielleicht kommt er mit dem Zug?"

"Ist das dein Ernst?"

"Das war nur eine Vermutung von mir!"

"Und selbst wenn er nach Paris kommt; wie soll man ihn da finden. Es ist unmöglich!"

"Ja, ich weiß!"

"Lass uns die Boulevard´s absuchen. Vielleicht ergibt sich da eine Spur."

"Daran glaube ich nicht!"

"Lass es uns doch versuchen."

Schließlich einigen sich beide. Pierre fährt mit Christine in die

Stadt. Sie gehen die Boulevard´s rauf und runter; sehen nach links; sehen nach rechts; nur den Jungen sehen sie nicht. Christine bestaunt den Arc d`Triomphe.

"Du! Pierre, war das eben da nicht Michael!" rief Christine laut aus.

Pierre sieht genau hin, aber er kann nichts sehen. "Nein, Cherie, es war nicht unser Michael. Du hast schon Halluzinationen. Michael war es bestimmt nicht!"

"Nun scheint es mir auch so!"

29

Endlich ist der kleine Junge satt geworden; aber er weiß schon jetzt, werde ich auch morgen satt.

Er geht in die Station einer Metro. Irgendwie, er weiß selbst nicht wie, kann er Sperren zum Eingang überwinden. In einer ihm nicht bekannten Station steigt er in eine Untergrundbahn ein, und als er wieder an das Tageslicht kommt, ist er am Trocadero angekommen. Er sieht zum ersten Mal den Eiffelturm und macht sich auf den Weg zu Turm. Ständig muss er an Christine und Pierre denken. Wie kann man sie nur finden; denkt er. Aber eine Antwort darauf hat er auch nicht.

30

Wieder sitzen die beiden am Frühstückstisch.

"Du, Vater!", sagte Pierre.

"Was gibt´s es?"

"Wir beide wollen heiraten!"

"So!" und kaute an einem Croissont.

"Mehr hast du dazu nicht zu sagen?"

"Was soll ich dazu sagen? Ich dachte es mir schon!"

"Und woher?"

"Man braucht Euch beide doch nur anzusehen, und schon wißt ihr, dass ihr Euch beide liebt!"

"Und du bist damit einverstanden!"

"Aber ja doch", erwiderte Monsieur Lamoureux. "Schließlich hab ich deine Mutter auch aus Liebe geheiratet, und nicht aus geschäftlichen oder familiären Gründen oder weil uns jemand dazwischen geredet hat. Mein Vater war ein guter Vater, also dein Großvater. Heiraten kannst du, wen du magst. Aber beklage dich nicht nachher!"

"Da danke ich dir!"

"Und du, Mama?"

"Da stimme ich ganz deinem Vater zu!" sagte Madame Lamoureux.

"Dann seid glücklich mit einander!" riet Monsieur.

"Das versprechen wir, nicht wahr, Cherie!"

"Ja!" hauchte Christine.

"Dann muss ich jetzt zur Bank", erhob sich Monsieur Lamoureux.

Auch die beiden Liebenden erhoben sich. "Pierre, wollen wir nicht noch einmal in die Stadt fahren. "Ich möchte mal euren Eiffelturm kennenlernen!"

"Du willst wohl Paris von oben besehen!"

"Ja, vielleicht sehen wir aus der Vogelperspektive den Jungen!"

"Aber Augen wie ein Adler habe ich nicht!" lachte Pierre. "Falls er überhaupt in Paris ist. Und fragen muss ich dich auch noch etwas: Wann geht dein Urlaub zu Ende?"

"In einer Woche. Das hätte ich beinahe vergessen!"

"Schon in einer Woche?"

"Leider!"

"Und wie lange wird es dauern, wenn Du kündigst?"

"Mit Einhaltung der gesetzlichen Kündigungsfrist ...."

"Und kündigst du sofort?"

"Ich weiß nicht so recht!"

"Tu das doch, wir könnten uns schon verloben!"

"Tja, und wann?"

"Irgendwann."

"Liebling, mir ist alles recht."

Beide waren schon wären des Gespräches ins Auto gestiegen, und im offenen Cabrio zerzauste der Wind das lange blonde Haar von Christine.

"Wollen wir gleich zum Eiffelturm fahren?"

"Ja, ich war noch nie da!" Stumm saßen die beiden dann eine kleine Weile im Cabrio nebeneinander. "Pierre, je mehr ich darüber nachdenke, kommen mir Zweifel; und ich weiß nun, wir werden den Jungen doch niemals finden"

Bald stehen sie vor dem Eiffelturm.

"Willst du mit mir hinauffahren?" ,fragte Christine.

"Ja, ich will!" sagte Pierre.

Und als unsere beiden Liebenden die höchste Plattform erreicht hatten und die Stadt überblickten, stellte noch einmal Christine fest: "Und in dieser Riesenstadt wollen wir einen kleinen Jungen finden? Mensch, wir sind wahnsinnig!"

"Wahnsinnig, vielleicht? Aber es verschwindet nichts auf dieser Welt. Jedes Ding hat auf der Erde seinen Platz, und ohne Grund verschwindet nichts, auch kein kleiner Junge!"

"Vergesse aber nicht, der Junge wird in Deutschland noch gesucht. Und vielleicht findet der Junge uns statt wir ihn!" meinte prophetisch Pierre.

"Ja, das dürfen wir nicht vergessen!" und sie gehen ins Café, das sich auf der ersten Plattform befindet.

31

Der kleine Junge ist aufgewacht, falls man überhaupt vom Schlafen sprechen konnte. Noch ist es kalt. Die Sonne versteckt sich hinter dunstigen Schleiern; aber man merkt dann doch, dass es wieder ein schöner Tag ist, der Paris anlacht.

Der Junge hat wieder Hunger. Aber wo soll er so schnell etwas zu essen bekommen. Er weiß es nicht. Wie soll er auch. So schleicht er durch den Park. Und vor dem Eiffelturm finden sich immer mehr Menschen ein. Er fühlt sich allein. Er sieht keine vertrauten Gesichter.

Halt! Waren da eben nicht Christine und Pierre gewesen. Er schaut noch einmal hin, und meint er hätte sich geirrt. War es eine Täuschung?

Der junge hatte richtig gesehen. Die beiden Liebenden gingen gerade zum Eiffelturm. Der Junge, der glaubt immer noch, dass es die beiden wären, läuft auch in diese Richtung.

Da! Da! Da sind sie wieder. Es sind Pierre und Christine. Just jetzt besteigen sie den Fahrstuhl. Jetzt hatte er sie aus den Augen verloren;

aber sie müssen ja einmal wieder herunterkommen. Was soll er tun? Warten!

Die Zeit vergeht.

Nach einer langen Zeit kommt der Fahrstuhl wieder mit den beiden herunter. Michael sieht die beiden; aber die Beiden sehen Michael nicht. Nun weiß er, er muss handeln; er muss sich bemerkbar machen, und läuft den Zweien nach.

"Hallo! Hallooo!! rief er mit seiner lautesten Stimme. Er schreit, aber unsere beiden Liebenden hören den Rufer nicht. Scheint`s dass sie in einer anderen Welt sind, und dann kleinen Jungen haben sie schon ganz und gar vergessen. Sie haben nur Augen für sich.

"Hallo!" schreit und brüllt er wieder. Leute sehen sich um nach dem Schreihals, und er läuft den beiden nach.

Endlich hat er sie erreicht. Er zupft an Christines Kleid. Da bleiben sie stehen. Christine dreht sich um. Pierre dreht sich um. Auch er erkennt den kleinen Michael wieder.

"Hallo!", sagt wieder unser kleiner Freund.

"Hallo!", erwidern Pierre und Christine.

"Endlich habe ich Euch gefunden!"

"Warum bist du nicht bei deinen Eltern geblieben?" fragte Christine.

"Sie wollen mich nach Deutschland zurück bringen!"

"Du mußt doch auch zurück! Oder willst Du in der Schule nichts lernen?"

"Doch das schon!"

"Na, siehst du! Und was sollen wir mit dir jetzt anfangen? Du kannst doch nicht in Paris bleiben!"

"Bitte! Bitte schick mich nicht weg!"

"Und wie bringen wir das meinem Vater bei!", überlegte laut Piere. "Wenn wir mit dem Jungen ankommen, denn soweit sind wir beide, Christine, doch noch nicht. Was wird er dazu sagen?"

"Das weiß ich auch nicht!" sagte Christine. "Das ist aber kein Grund , dass dein Vater es nicht erfährt!"

"Was erfährt?"

"Dass er vielleicht Großvater wird."

"Du machst mir Spaß!"

"Pierre, noch ist es auch nicht so weit; aber es könnte ja einmal so weit kommen."

"Doch was machen wir mit dem Jungen?" fragte Pierre.

"Den nehmen wir mit. Hier kann er auf keinen Fall bleiben."

"Und Hunger wird er auch haben!"

Dann gehen die drei zu dem abgestellten Wagen.

"Mensch, du fährst ja einen tollen Schlitten!" rief der Junge voller Begeisterung aus. "Und mit dem fahren wir jetzt?"

"Na, dann steig mal ein!"

Dann fahren sie durch die Stadt. Pierre fährt eine extra Runde durch die Stadt. Vorbei am Louvre; an der Notre Dame, und durch das Quartier Latin. Und bald nähern sie sich dem Viertel, in dem die Familie Lamoureux wohnt.

"Gleich sind wir da!" sagte Pierre zum Jungen.

"Das ist eine schöne Gegend."

Sie fahren durch das geöffnet Tor.

Madame Lamoureux, die zufällig draußen steht, ist ganz erstaunt.

"Wen habt ihr denn da mitgebracht?"

"Das ist der Michael, von dem wir erzählt hatten."

"Bon jour, Michael!" sagte die schlanke Frau und gibt Michael die Hand.

"Mama, kannst du Michael nicht etwas zu essen geben?", fragte Pierre.

"Komm mal mit", sagte Mama Lamoureux, "wir gehen in die Küche!"

"Nun, Liebling, wie wollen wir deinen Eltern beibringen, dass Michael in Deutschland gesucht wird, und dass wir uns erst durch ihn kennengelernt haben!", schaute Christine auf Pierre.

"Das mache ich schon!"

Die Tür geht auf. Monsieur Lamoureux tritt ein.

"Wie geht es euch denn Euch?"

"Papa, es geht uns recht gut!"

Madame Lamoureux kommt mit Michael wieder herein.

"Wer ist den dieser kleine Gast?" fragte Monsieur Lamoureux.

"Das ist Michael!" gibt Antwort darauf Pierre.

"Und wo kennt ihr ihn den her!"

"Das ist eine lange Geschichte!"

"Ich möchte sie gern hören!" sagte Monsieur Lamoureux und setzte sich in einen Sessel.

"Das glaube ich gern. Durch den Michael haben wir uns beide, ich meine Christine, kennengelernt." Pierre schaute selig auf Christine.

"Ach so!", sagte der Vater.

"Willst du sie erzählen, Christine!" forderte sie Pierre auf.

"Soll ich?"

"Warum fragst du? Na klar. Fange mit der Geschichte ganz von vorn an. Und ich erzähle sie dann zu Ende!"

Christine fängt an zu erzählen. Sie erzählt wie sie den Jungen aufgenommen hat bis zu dem Zeitpunkt wo sie Pierre kennenlernte. Monsieur Lamoureux hörte mit offenen Ohren zu. Pierre fährt dann in der Erzählung fort. Wie sie dann in der Schweiz die Eltern kennengelernt haben. Wie sie dann den Brief aus der Schweiz erhalten haben - Pierre zeigte dem Vater den Brief - und dass der Junge wieder fortgelaufen ist; und dass sie ihn schließlich am Eiffelturm wiedergefunden haben.

"Ja, so war das!" beendete Pierre die Geschichte.

"Und was machen wir nun mit dem Jungen?" fragte der Vater.

"Wenn ich das wüsste, mir wäre wohler!"

"Du weißt es auch nicht!"

"Nein!"

"Kannst du mal mit dem Jungen hinausgehen!" forderte Monsieur Lamoureux seine Frau auf.

Madame Lamoureux nimmt den kleinen Jungen bei der Hand und geht in das Nebenzimmer.

"Es ist euch beiden doch klar, dass ihr euch strafbar gemacht habt!"

"Du hast recht, Papa!", sagte Pierre. "Aber wo kein Kläger ist auch kein Richter!"

"So einfach ist das nicht, wie ihr Euch das denkt. Der Kläger ist in diesem Fall der deutsche Staat, oder?"

"Schön, dann müssen wir es so hinbiegen, dass es nie zur Anklage kommt!"

"Und wie wollt ihr das machen?"

"Mir wird schon etwas einfallen. Ich werde jetzt einen Brief in die Schweiz schreiben. Vielleicht fällt dem Koni etwas ein, dem fällt nämlich immer etwas ein."

"Ja ja, ein schweres Problem!" sagte Monsieur Lamoureux.

32

"Christina!" rief Koni. "Ein Brief ist aus Paris gekommen.
"Was schreiben sie denn, Koni!"
"Das, werden wir gleich haben!" Koni öffnete den Brief mit seinem Taschenmesser. Er hält den Bogen in der Hand, und liest. "Sie schreiben, das Michael in Paris ist."
"In Paris?"
"Ja, er ist dort!"
"Dann hat es der Bengel doch irgendwie geschafft dorthin zu kommen!"
"Ich werde nach Paris fahren", sagte Koni. "und den Jungen wieder abholen. Wenn ich gleich losfahre, dann kann ich morgen bereits da sein. Du musst eben ein paar Tage ohne mich auskommen, mein Liebling!"
Smoky bellt.
"Du auch mein Hündchen!" sagte Koni. "Ich verlasse euch für ein paar Tage Tschau!"
"Tschau!" sagte auch Christina.
Und Koni war kurz darauf abgefahren.

33

In Paris war man so lange übereingekommen zu warten bis man eine Antwort aus der Schweiz erhielt. Sie hatten nicht gedacht, dass Koni selber kommen würde. Und doch war es so. Eines Tages steht er mit seinem großen Wagen vor dem großen Haus. Man bittet ihn herein.
"Wo ist denn der kleine Ausreißer?" war seine erste Frage.
"Das überrascht uns gar nicht, dass du gleich nach Michael fragst!"
"Es ist ja auch ganz natürlich!"
"Er wird wohl im Bett liegen!" sagte Christine.
"Das ist gut, dann können wir uns unterhalten, ohne das er uns hört. Und hier bleiben kann er natürlich nicht!" sagte Koni.
"Das ist uns klar! Aber wie bringen wir ihn jetzt nach Deutschland zurück?"
"Das mögen die Götter wissen. Hier bleiben kann er auf keinen Fall.

Und das dürfte ja nicht allzu schwer sein. Die Grenzkontrollen sind weggefallen."

"Wenn er merkt, dass er nach Deutschland zurück soll, wird er nicht mitspielen."

"Du hast recht!"

"Ich werde ihn wieder mitnehmen!" sagte Koni, "dann seid ihr diese Last los.

34

Michael ahnt, dass er nach Deutschland zurückgebracht werden soll. Aber was soll er tun? Er schläft ein. Und er träumt. Er träumt, dass viele Engel um ihn stehen. Ein Engel fast ihn bei der rechten Hand - aber etwas stört ihn. Nun schlägt er die Augen auf, sieht Christine in die Augen. Sein Traum war doch nur ein Traum.

"Hallo, Michael, aufstehen!" schüttelte ihn Christine wach.

"Muss ich wirklich aufstehen?"

"Ja, wir haben Besuch!"

"Besuch?", fragte er erstaunt.

"Nun, komm schon heraus aus deinen Federn!"

"Sag doch, wer ist gekommen?"

"Dein Papi!"

"Mein Papi?"

"Ja, er ist aus Ascona gekommen!"

"Nein, nein, ich will ihn nicht sehen!"

"Ja, er ist aus Ascona gekommen!"

"Nein, nein, ich will ihn nicht sehen!"

"Michael, sei doch vernünftig. Du bist doch ein großer Junge, oder?"

Schweigen.

"Bist du nun ein großer Junge?" wiederholte Christine.

"Ja!"

"Na siehst du! Und du musst jetzt aufstehen, ob du willst oder nicht!"

"Ich will aber nicht! Ich will ihn nicht sehen!" Michael steigt aus dem Bett. Er weint.

""Weine nicht!" sagte Christine.

"Ich will, ich will nicht!", schluchzte der Junge trotzig und kann sich nicht beruhigen. "Wird er schimpfen?"

"Wahrscheinlich!"

"Dann gehe ich keinen Schritt weiter!"

"Komm, Michael, sei nicht so stur. Vielleicht gibt es doch eine Lösung!"

"Und welche?"

"Das besprechen wir mit deinem Papa!"

Michael sieht mit seinen Augen ganz unbegreiflich Christine an. Er will und kann es nicht fassen.

Unten im Wohnzimmer sind alle anwesend. Sie hatte sich mit Koni in einem tiefen Gespräch befunden als Christine mit Michael das Zimmer betritt.

Michael steht im Zimmer, wie aus Stein gehauen und sein Blick wandert durch das Zimmer. Da entdeckt er seinen Vater.

"Willst du nicht Guten Tag sagen!" forderte Christine den Jungen auf.

"Nein!" sagte er trotzig.

"Aber es ist doch dein Vater!"

"Na und?"

"Warum willst du ihm nicht Guten Tag sagen?"

"Er will mich wieder nach Deutschland zurückbringen!"

"Aber es geschieht doch zu deinem Besten!"

"Das glaube ich nicht!"

"Was glaubst du denn?"

"Gar nichts!"

"Siehst du, du musst doch an etwas glauben. Oder auf etwas hoffen, und vor allen Dingen nicht aufgeben!"

"Aber ich glaube an Nichts!"

"Trotzdem kannst du ihm Guten Tag sagen!"

"Nein", sagte der kleine Junge und will fortlaufen; aber Pierre, der ihm im Wege steht, hält den Jungen fest.

"Hör` mal, Michael!", sagte Koni nun.

""Ich will nichts hören!" Michael will sich aus dem Griff von Pierre befreien. Einen Augenblick passt Piere nicht auf, und schon hatte der Junge die Tür erreicht - und fort wäre er gewesen, wenn nicht Koni geistesgegenwärtig die Lage erkannt hatte, und bekam den kleinen Helden am Ärmel zu fassen.

62

Zwar wehrte er sich noch, doch es nützte ihm nichts. Man bringt den Jungen auf ein Zimmer und schließt ihn ein: "Wenn du nicht gleich ruhig bist, dann kommt die Polizei. Du weißt, was das heißt?"

"Ja!" und mehr sagte der Junge nicht.

"Siehst du", sagte Christine, "deshalb verhalte dich lieber ruhig hier!"

"Wie kommt er nach Braunschweig zurück? Er bringt uns alle in des Teufels Küche!" sagte Christine. "Wenn ich gewußt hätte, was daraus wird, ich hätte ihn auf dem Bahnsteig stehen lassen sollen!"

"Das hat er schon. Aber ohne ihn, hätte ich dich niemals gesehen!" liebäugelte Pierre zur Christine herüber.

"Ganz recht, mir wird schon schlecht wenn ich daran denke, wie ich ihn zurückbringen soll." war Konis abschließender Kommentar.

35

Michael will nicht nach Deutschland zurück. Er fürchtet sich davor. und immer wieder überlegt er, wie er es anstellen kann, das er nicht nach Deutschland braucht. Ja, er muss aus dem Haus wieder entlaufen.

Abends geht die Tür auf. Christine steht im Zimmer und hat ein Tablett in der Hand.

Michael hatte blitzschnell einen Gedanken. Jetzt oder nie. Gedacht, getan. Und ehe Christine sich versehen hatte, tritt sie der kleine Junge an das Bein. Vor Schreck lässt sie das Tablett fallen und schreit.

Michael läuft die Treppe hinunter, und eins, zwei, drei ist er aus dem Haus. Man hört Christine rufen. Als man den Ruf unten im Haus vernimmt, läuft man schnell hinauf, und es herrscht allgemeine Verwirrung. Diese Verwirrung kommt dem kleinen Jungen zu Gute. Er läuft was die Beine hergeben. Er läuft durch den Park. Er kommt an das Tor. Geschlossen. Die Tür lässt sich auch nicht einen Zentimeter bewegen. Was tun? Ohne lange zu überlegen, klettert er an der Mauer hoch, die das ganze Grundstück umfasste, und sehr schnell ist er auch oben; springt auf der Straßenseite herunter. Was nun? Was ist zu tun? Und wieder weiß er es nicht.

Hier, das weiß er, darf er nicht stehenbleiben. Er läuft und läuft und

63

läuft, er läuft die Straße entlang. Er läuft solange bis er eine Metro-Station gefunden hat. Hier verpustet er einmal. Dann steht er plötzlich auf dem Bahnsteig. Sieht einen Zug kommen, steht ein. Zufällig fährt diese Metro über den Gare du Nord. Hier steigt er aus. Wo viele Leute aussteigen kann man gut untertauchen. Und dann steht er wieder auf einem Bahnhof, diesmal auf einem französischen. Er steigt in einen Zug ein. Wohin er fährt, das ist ihm egal. Ihm ist alles egal geworden. Der Zug fährt aus dem Bahnhof heraus. Der Zug rattert durch die Zeit. Vorbei fliegt die Landschaft Plötzlich quietschen die Bremsen. Der Zug hält. Michael steigt aus. Nun steht er wieder auf einem Bahnhof. Er weiß nicht wo er ist.

36

In Paris ist man durch Christines Rufen überrascht. Alles läuft nach oben. Der Junge aber ist schon im Park. Als der Junge aus der Tür lief, fiel Christine in Ohnmacht. Der Junge gewinnt einen beträchtlichen Vorsprung.
   Man trägt Christine aufs Bett. Sie erholt sich.
   Inzwischen sind die beiden Männer dem Jungen nachgelaufen; aber der ist längst in der Metro.
   Christine schlägt die Augen auf, und fragte: "Ist der Junge wieder da?"
Doch man verneint.

37

Nun läuft der Junge durch eine fremde Stadt. Er weiß niemanden, den er fragen kann. Hunger hat er auch
   Und wieder läuft er. Wie soll er sich jetzt etwas zu essen beschaffen. So weiß er, kann er in dieser Welt nicht bestehen.
   Ich bin ja noch so klein.
   Warum bin ich aus Braunschweig weggelaufen.
   Warum bin ich aus Paris weggelaufen.
   Warum, warum?

64

Und er findet keine Fragen auf seine Antwort?
Ist er denn so schlecht behandelt worden.
Das kann man nicht sagen.
Vielleicht weil er nicht bei Mutti und Papi war, oder weil er auf Anordnungen der Behörden in ein Heim gebracht worden war, und weil die Eltern nicht so viel Zeit für ihn haben.
Ja, denkt er, was können meine Eltern dafür.
Künstler sind ja auch Menschen; und ist es etwa keine Arbeit, wie andere auch.
Es scheint nicht so.
So sitzt unser kleiner Junge noch da, und wartet
Er wartet auf etwas, was nie kommen wird.

ENDE des 1. Buches

Die traurige Welt

2. Buch

Die Liebenden

66

1

Die liebende Christine hatte ihren, so ach! liebenden Pierre in Paris mit großen Widerwillen zurückgelassen, um rechtzeitig wieder auf ihrer Arbeitsstelle zu sein, die sie, nachdem sie ihren Pierre kennengelernt hatte, noch abscheulicher empfand, als es schon immer war; und sie dachte nur noch an ihn.

Jeder Urlaub geht einmal zu Ende. Nun ist sie wieder Zuhause. Gerade kommt sie mit ihrem Auto von ihrer Arbeitsstelle zurück, und steuert durch den Feierabendverkehr, um dann in ihrer Straße ihre Lissy unter einer Laterne zu parken und geht in die Wohnung hinauf. Schaut in den Briefkasten und findet einen Brief darin. Aus Paris. Ein Brief von ihrem geliebten Pierre.

Schnell setzt sie sich noch einen Kaffee auf. Dann öffnet sie den Brief,

´Mon Cherie!

Seitdem Du fort bist, finde ich es hier öde. Ach ich möchte Dir so nah sein. Könnte ich mich zu Dir legen; an deinem Busen für immer sein und immer bei Dir ausruhn.

Ich weiß, dass Du mich genau so liebst, aber ist es nicht mehr unsere große Liebe? Oder was für eine Liebe wünschen wir uns. Ich habe mich zu Dir gewünscht. Ich möchte nur ohne Dich nicht mehr leben, denn seitdem Du aus Paris fort musstest, wie und wo soll ich Dich fassen. Ja, Cherie, wo soll ich dann hingehen.

Ich frage Dich, nicht über das Handy sondern über einen Brief, den Du immer bei Dir tragen kannst, wann kommst Du zurück.`

Christine liest die Zeilen voller Wehmut, und denkt an die Zeit mit Pierre zurück. Der Wasserboiler summt, stellt ihn ab, kommt aus der Küche mit einer Tasse Kaffee zurück. Sie nimmt wieder den Brief zur Hand, und vor ihrem geistigen Auge entsteht das Bild ihres geliebten Pierre. Sie liest weiter:

´Cherie, bitte komme so schnell als Du kannst nach Paris zurück. Ich weiß auch schon, dass Du bei uns arbeiten kannst. Natürlich musst Du Dich einleben, und Du wohnst in unserem Haus. Bekommst ein separates Zimmer. Vielleicht ziehen wir in ein kleines

Haus am Stadtrand von Paris. Ich habe schon meine Fühler ausgestreckt, und in den nächsten Tagen kann ich vielleicht schon etwas passendes erwerben.

Ich hoffe doch sehr, dass Du bald kommst! Oder soll ich kommen. Ich studiere wieder. Das neue Semester hat angefangen.

Es grüßt und küßt Dich dein lieber Pierre!`

Ja, was soll nun Christine dazu sagen. Sie möchte schon fort. Doch kann sie auch?

Plötzlich ertönt der Türsummer. Unten an der Haustür erwartet jemand, dass die Tür geöffnet wird. Ach ja, fällt Christine ein, dass muss Regina, ihre beste Freundin sein, die dort unten steht.

Christine drückt, und öffnet einen Spalt die Tür. Regina begrüsst ihre Freundin.

Regina hat rotbraune Haare die sie lang auf ihre Schultern fallen lässt. Das ergibt einen feinen Kontrast zu ihrer zarten Haut. Sie selbst findet sich allerdings scheußlich, obwohl ihr Freund meint, dass sie so besser aussehe

"Christine, Du, willst du nicht heute mitkommen?" fragte Regina.

"Wohin?"

"In die Disco!"

"Nein!" Christines Sinn steht nicht nach lauter Musik.

"Aber warum denn nicht?"

"Regina, sei nicht böse; aber ich habe keine Lust. Und schon gar nicht heute!"

"Was ist mit dir? Seitdem du aus dem Urlaub zurück bist, da bist du so verwandelt!"

"Bin ich das?"

"Aber ja, Christine. Das merkt sogar ein Blinder ohne Stock. Dir geht wohl der junge Mann nicht mehr aus dem Kopf! Stimmts?"

"Da hast du gar nicht so unrecht!"

"Und wer ist es! Und wie sieht er aus!"

"Du kennst ihn nicht!"

"Aber wenn du mir erzählst wie er aussieht, dann weiß ich ..." Da sieht sie ein Foto von Pierre, das auf einem kleinen Schränkchen stand. "Ist es dieser Mann dort?"

"Ja!"

Regina betrachtet das Foto eingehend. "Du, der sieht aber gut aus!"

"Findest du?"

"Sicher, Christine, ganz sicher. Wenn es nicht deiner wäre, ich wüsste nicht ... sage, wie heißt er?"

"Pierre!

"Pierre, und wo wohnt er?"

"In Paris!"

"Wie hast du ihn kennengelernt?"

"Das erzähle ich dir ein andermal! Heute habe ich keine Lust dazu!"

"Und was machst du morgen?"

"Das weiß ich noch nicht!"

"Ich komme morgen nochmals vorbei!" Regina merkt, dass sie stört. Heute, das fühlt sie, will Christine allein sein. Als sie auf der Straße steht schüttelt sie den Kopf und denkt, da ist doch total verliebt die dumme Ziege.

Man gut, dass Christine keine Gedanken lesen kann.

Nachdem die Freundin gegangen war zieht sie sich einen Mantel über und will noch einen kleinen Spaziergang machen.

Christine geht an der Leine spazieren. Vorbei an den drei Nanas.

Die drei Nanas die am Leineufer stehen wurden von der französischen Künstlerin Nikki St. Phalle geschaffen. Es war für Hannover eines der umstrittensten Kunstobjekte. Jetzt ist sogar nach der Künstlerin eine Straße benannt worden. Die einen fanden sie schön, die anderen sahen sie als verkommene Kretins an. Aber inzwischen hatte sich Hannover mit den drei Nanas angefreundet. Sie kommt zum Rathaus, was eher als ein Schloß aussieht. Kommt an den Maschsee, und setzt sich auf eine Bank um von ihrem Pierre zu träumen. Bin ich denn mit ihm nicht schon so gut wie verlobt? Ach ja, verlobt kann man es nennen.

Als sie eine Weile dort gesessen hatte, beschließt sie wieder nach Haus zu gehen.

Und Nacht senkt sich über Hannover.

2

Pierre ist am Vormittag in der Sorbonne
Als er am Nachmittage aus der Sorbonne wieder heimkehrt, hat er
nur seine Liebste im Kopf; während der Vorlesung hatte er sowieso
nicht recht zugehört, und muss sich dann alles von einem
Kommilitonen erklären lassen.
Pierre weiß nicht was er will, noch was er jetzt. Freunde hatten ihn
eingeladen, doch er winkt ab.
Und trotzdem ist er in der Stadt gewesen.
Abends kommt er wieder nach Hause.
"Nun, Pierre, was ist?", fragte sein Vater. "Wie geht es Dir?"
"So leidlich!"
"Du denkst immer noch an sie, ne pas?"
"Ja, pere!"
"Da kann man nichts machen!"
"Doch man kann etwas machen!"
"Was?"
"Nach Hannover fahren!"
"Ist das nicht ein bisschen weit weg?"
"Für die Liebe ist kein Weg zu weit!" antwortete Pierre. "Hast du
denn keine Dummheiten in deiner Jugend gemacht?"
"O ja, nicht zu knapp!"
"Siehst du!"
"Wenn ich nur daran denke!" sprach der Vater. "Na ja, lassen wir
das!"
"Dann erzähle doch mal etwas aus deiner Jugend!"
"Pierre, ich habe keine Lust dazu."
Pierre sitzt da, denkt nach und auf seinen Augen erscheint ein
Leuchten. Und Pierres Vater merkt es an der erhellenden Miene
seines Sohnes. "Pierre, was hast du?"
"Ich hab`s!"
"Und was hast du?"
"Ich fahre noch heute nach Hannover, und zwar sogleich und sofort.
Will erst gar nicht lange überlegen, sonst will man nicht mehr oder
man merkt, das man verrückt ist. Deshalb fahre ich sofort los!"

"Und wann willst du wiederkommen?"

"Ich weiß nicht! Vielleicht Montag. Einen Tag kann das Studium ruhig ausfallen!"

Der Vater ist erstaunt. "Dann wünsche ich dir viel Glück auf der Reise!"

"Ich hoffe, dass Christine mich nicht vergessen hat!"

"Das glaube ich nicht!"

"Weisst du`s?"

"Nein, natürlich nicht. Aber es sollte mich sehr wundern!"!

"Siehst du. Ich muss nach Hannover. Ich muss mir Gewissheit verschaffen. Sie hat, seitdem sie aus Paris weg ist, keinen Brief geschrieben, vom telefonieren wollen wir mal gar nicht reden. Nicht mal ein Karte hat sie geschrieben. Ist das ein Zustand für Verliebte?"

"Vielleicht hat sie keine Zeit gehabt. Nein, ich denke die Post streikt in Deutschland. Neuerdings. Sonst kennt man ja diese Streikwellen nur bei uns!"

Pierre ist aufgesprungen. "Keine Zeit, keine Zeit, das glaubst du doch wohl selbst nicht. Sie hätte telefonieren können!" Und läuft wie ein Wilder Tiger durch das Zimmer. Beinahe hätte er auch noch seine Mutter umgelaufen, die gerade das Zimmer betritt.

"Nicht so stürmisch!" sagte sie und kann sich gerade noch an der Tür festhalten.

"Ich will fort und zwar sofort; ich kann es nicht ertragen, dass Christine überhaupt nicht geschrieben hat. Ich habe schon mehrere Brief gesendet!" Und er läuft immer noch durch das Zimmer. "Ja, wenn sie wenigstens geschrieben hätte. Deshalb muss ich nach Hannover, gleich und sofort!"

Madame Lamoureux sieht den Jungen verständnislos an, dann sieht sie ihren Mann an; und Monsieur Lamoureux gibt seiner erstaunten Frau Auskunft.

"Pierre, willst du nicht wenigstens eine Antwort abwarten!" schlägt Madame Lamoureux vor.

"Ich habe lange genug gewartet. Ich fahre hin, und frage sie, warum sie nicht schreibt oder telefoniert. Dann muss sie mir Antwort geben. Vielleicht bleiben wir zusammen oder wir gehen auseinander. Aber ich will jetzt wissen, woran ich bin!" Das letzte Wort klang wie eine Bekräftigung.

71

Seine Eltern wollten und konnten ihren Sohn nicht aufhalten. Man konnte Pierre nicht mehr von seinem Entschluß abbringen.
Kaum dass er im Auto sitzt kommt nochmals seine Mutter und bringt ihm einen ganzen Korb voller Esssachen herbei.
"Na, Maman, das war doch nicht nötig."
Madame Lamoureux sieht ihren Sohn dann von ihrem Anwesen herunterfahren.
Pierre fährt ohne eine Rast zu machen durch die Nacht. Doch hinter der deutschen Grenze merkt er, dass er müde wird. Er lenkt sein Auto auf einen Rastplatz um ein paar Stunden zu schlafen.
Am Morgen, die Sonne steht schon hoch am Himmel, wacht Pierre auf. Er wischt sich den Schlaf aus den Augen. Nun kann er wieder klar sehen. Er sieht, dass er tanken muss
Wie weit ist es noch bis nach Hannover?
Noch zweihundertfünfzig Kilometer. Man gut, denkt er, dass ich hier gehalten habe; denn was wäre geschehen, wenn ich weitergefahren wäre.
Pierre fährt an der Raststätte zur Tankstelle. Füllt seinen fast leeren Tank. Und kurz darauf ist er wieder auf der Autobahn zu finden. Die Zeit fliegt wie im Fluge dahin. Noch dreissig Kilometer, liest er auf einer Tafel, bis Hannover. Dann bin ich ja da bei meiner Liebsten. Und so fährt er weiter. Was hat Christine mir erzählt? Wie fährt man am besten zu ihr. Von der Abfahrt Hannover-Langenhagen. Das ist ja leicht zu merken.
Nächste Abfahrt: Hannover-Langenhagen.
O jetzt bin ich bald da. Aber wenn sie nicht zuhause ist, was dann? Denken wir nicht daran.
Er lenkt seinen Wagen von der Autobahn herunter und fährt in die Innenstadt.
Was sagte Christine damals? Wo wohnt sie? Ach ja, in der Arndtstrasse. Immer die Straße geradeaus; und dann fährst du unter einer Eisenbahnbrücke durch, und sofort ist man auf der Arndtstrasse.
Richtig, bald steht er mit seinem Wagen auf einem Parkplatz in der Arndtstrasse.
Ergeht die Straße entlang und sucht nach einer ganz bestimmten Hausnummer:

72

Eins, drei, fünf, sieben, ... Da haben wir`s! Pierre tritt auf die Haustür zu und studiert die Namensschilder. Waldermark. da steht`s. Also bin ich richtig hier und drückt den Klingelknopf. Doch es rührt sich nichts. Sollte sie gar nicht zu Hause sein. Ist sie vielleicht vereist? Oder ist sie krank. Oder ist ihr etwas zugestoßen. Wir wollen nicht gleich an das Schlimmste denken; doch ihm wird bange. Noch einmal drückt er den Klingelknopf herunter. Es schellt zwar; aber mehr tut sich nicht. Vielleicht ist sie wirklich nur aus dem Haus gegangen. Oder sie ist beim Einkaufen. So viele vielleichts!

Oder, bei dem schönen Wetter, ist sie zum Schwimmen gegangen. Gut. Dann werde ich mir Hannover ansehen sagte er sich und wendet sich in Richtung Bahnhof.

3

Christine wachte am Sonnabendmorgen gutgelaunt auf. Die Sonne scheint. Es ist der Tag, von dem sie noch nicht weiß, wer auf sie wartet. Heute will sie den längst fälligen Brief schreiben. Lust hat sie keine, ist doch das Briefeschreiben nicht gerade ihre große Stärke. Aber heute, heute Abend muss es getan werden. nein, denkt sie, eigentlich müßte ich es gleich, sofort tun, denn meine Freunde wollen heute kommen, oder ich muss sie abwimmeln.

Sie öffnet den Kühlschrank, auch fast leer. Muß einkaufen. Nimmt einen kleinen Zettel und notiert Butter, Milch, Brötchen, Brot, Wurst, Käse, und noch ein paar Kleinigkeiten um über das Wochenende zu kommen. Es wird die Einkaufstasche genommen und losgegangen.

Nicht weit entfernt davon, am soll es nicht glauben, gibt es noch einen alten Tante-Emma-Laden. Und der Besitzer kennt Christine schon von Kindheitstagen an.

Oft sind damals Christines Eltern, die nicht in Hannover wohnten, sondern in einem kleinen Ort zu Verwandten nach Hannover gefahren. Und es ergab sich eines Tages; Christine war damals sechs Jahre alt, in dem Laden etwas kaufen wollte. Da passierte ihr ein kleines Mißgeschick, und der Herr te Dorsthorst, so hieß der freundliche Herr, ihr aus der Patsche half. So lernte sie in schon früh kennen.

Und immer wenn sie heute kommt, bekommt sie etwas extra; denn für ihn ist Christine wie eine Tochter. Er selbst ist seit langer Zeit Witwer und Kinder hat er keine.

Christine tritt in den Laden ein. "Na, Christine, du warst ja lange nicht da!" begrüßt er die junge Dame.

"Ja, das war ich wohl!" lachte Christine

"Was macht denn dein Pierre?"

"Gestern hatte ich von ihm einen Brief bekommen!"

"Wär eine Telefonat nicht schneller!"

"Das wohl, aber dann kann ich nicht mehr den Brief noch einmal lesen! Und bevor ich einen Brief schreibe, dann dauert`s auch eine Weile."

"Kommt denn dein Pierre nicht einmal nach Hannover?"

"Nun ja, ich glaube schon! Dann könnte er auch auf dem Fest mitmachen, das heute Nachmittag beginnt!"

"Ja, jammerschade!"

Nachdem Christine alle ihre Sachen eingekauft hatte, und bezahlt hatte, rief ihr Herr te Dorsthorst nach: "Wiedersehen! Und stell mir mal deinen Pierre vor."

"Wiedersehen!" rief sie zurück.

Ach, ja, das Altstadtfest. Da wird doch nichts mit dem Schreiben. Es kommen meine Freunde und werden mich dann durch das Gewühl schleppen.

Zuhause sieht sie auf die Uhr. Bald ist es zehn. Das Wetter ist schön, so schön, das man zum Schwimmen gehen kann. Schnell die Badesachen geholt, und dann ab ins Freibad. Sie geht zu ihrer Lissy, und fährt zum Maschseefreibad.

Im Bad sonnt sie sich, ich ahnend wer gerade durch Hannover läuft.

4

Pierre strebt ziemlich ziellos durch Hannovers Innenstadt. Kommt durch die Altstadt. Was ist denn hier los, denkt er; Buden. Buden reihen sich an Buden. Auch Bühnen sind aufgebaut. Kommt zur Marktkirche. Auch eine Bühne. Was ist in Hannover denn los. Was wird gefeiert. Er muss es wissen.

"Entschuldigen Sie," fragte er eine Passantin. "Ich bin neu hier. Was gibt es denn hier?"

"Heute und morgen feiert Hannover das sogenannte Altstadtfest!"

"Was ist das? Altstadtfest?"

"Sie sind wohl nicht von hier?"

"Stimmt, ich komme aus Paris!"

"Das Altstadtfest ist ein Fest, was soll ich sagen?" Verlegenheit machte sich breit. "Nun, da soll Hannovers Image mit aufgebessert werden. Um drei geht`s los."

Ah, das ist als ein Altstadtfest. Das darf er sich nicht entgehen lassen. Da wird Christine vielleicht doch hier sein. Dann kommt er an die Leine. Nicht das jetzt Pierre an die Leine gelegt wird. Die Leine ist der Fluß, der durch Hannover fließt. Man kann also seine Liebste hier an der Leine spazieren führen. Dann sieht er die drei Nannas der französischen Künstlerin Nikki St. Phale. Als diese aufgestellt wurden da gab es ziemlich viel für und wider. Dann geht er um den Maschsee, das sind einmal herum sechs Kilometer. Kommt auch an das Strandbad vorbei, nichtsahnend dass seine Christine sich darin sonnt.

Bald darauf steht er wieder vor dem Haus in der Arndtstrasse. Wieder drückt er die Klingel in der Hoffnung dass nun Christine wieder da sei.

Vielleicht ist sie doch krank, oder sie ist bei den Eltern. So viele Vielleichts.

Da hätte er doch gleich in Paris bleiben können. Er wartet noch eine Weile. Aber es rührt sich nichts weiter, und so geht er zu seinem abgestellten wagen zurück, setzt sich hinein.

Bald sah er ein rothaariges Mädchen kommen. Sie geht auch auf das Haus zu. Und irgendwo drückt sie. Könnte er es doch sehen, wo sie drückt. Es geht keine Tür auf. Da scheint sie es noch einmal zu versuchen. Nichts geschieht. Kommt zurück, geht am Auto vorbei.

Da springt Pierre heraus.

"Hallo, hallo!" reif er dem Mädchen hinterher.

Sie dreht sich um. "Meinen Sie mich?" fragte sie.

"Ja, sie meine ich!"

"Und was wollen sie von mir?", war sie sehr ärgerlich geworden.

"Sie waren doch eben an dem Haus, - dort drüben!" und zeigte in die Richtung mit seiner Hand dorthin.

"Na und, was geht sie das denn an?" Die rothaarige Frau geht weiter, aber Pierre läuft ihr nach.

"Entschuldigen sie, ich meine doch nur!"

"Da meinen sie entschieden zuviel!"

"Bitte hören sie mich doch an!" Pierre läuft ihr hinterher; aber sie will scheint`s nichts von ihm wissen. Da fragt er mit seiner letzten Verzweifelung und seinem letzten Mut. "Ich meine doch nur, ob sie zu Christine Waldermark wollten?"

Nun bleibt die junge Dame stehen und beginnt sich für den Frager zu interessieren; sie sieht Pierre erstaunt an. "Sagten Sie: Christine Waldermark?"

"Ganz recht, kennen sie sie?"

"Und ob. Ich bin ihre, so sagt sie, beste Freundin. Und wer sind sie?" Sie überlegt. "Nein, sagen sie nichts. Jetzt glaube ich zu wissen wer sie sind!"

"Und woher wollen sie mich kennen. Ich habe sie noch nie gesehen!"

"Aber ich habe von ihnen schon gehört. Sie sind Pierre! Christine erzählte oft von ihnen. Außerdem, nachdem ich sie jetzt richtig ansehe, habe ich ihr Bild schon bei Christine gesehen. Ich heiße Regina; aber nennen sie mich ruhig Reggy!" Und sie gibt ihm die Hand. "Guten Tag, Pierre! Christine ist nun mal nicht da! Wie lange warten sie denn schon?"

"Schon mehrere Stunden!"

"Da sollte sie schon zuhause sein. Wo die sich wieder herumtreibt!"

"Aber sie ist da?" will Pierre genau wissen.

"Ja, da ist sie! Vielleicht ging sie schwimmen!"

"Und wo, wenn man fragen darf, ist das?"

"Es gibt mehrere. Auch am Maschsee!"

"Da war ich schon herumgelaufen!"

"Sie müßte in einer Stunde kommen. Ich wollte sie um vier abholen, um dann mit ihr gemeinsam auf das Altstadtfest zu gehen!"

"Hoffentlich!"

"Dann kann ich ja mit ihnen vorlieb nehmen!"

Regina sieht ihn an und sagte zu ihm: "Das geht nicht. Ich muss noch etwas tun. Spätestens um vier sehen wir uns wieder."

Pierre geht zu Wagen zurück. Und er wartet und wartet und wartet.

5

Christine liegt immer noch in der Sonne. Schon hatte es zwei Uhr geschlagen. Und frisch und munter kommt sie aus dem Bad heraus und geht beschwingten Schrittes auf ihr Auto zu und fährt durch die Stadt, denn sie will schnell nach Haus. Unter der Laterne, wo sie ihr Auto immer parkte steht ein fremder Wagen; aber sie achtet nicht so sehr darauf. In der Nebenstrasse findet sie endlich einen Parkplatz.
Kurz darauf steht Christine vor der Haustür und schließt auf.
Auch Pierres Lebensgeister sind wieder erwacht, und er schaut aus dem Wagen. Er stutzt. Geht da nicht gerade Christine vorbei. Ganz recht, sie ist`s! Sein Herz jubelt und sofort steigt er aus, und geht nun gemächlichen Schrittes auf das Haus zu. Er weiß, seine Liebste ist nun zuhause.
Doch als er vor der Haustür steht ist sie wieder geschlossen. Aber er weiß, wenn er jetzt die Klingel drückt, wird ihm Christine öffnen.
Ein Summen. Er drückt gegen die Tür und fällt beinahe ins Treppenhaus. Bis ganz nach oben muss er die Treppen steigen bevor der das Schild Waldermark lesen kann. Noch einmal drückt er auf die Klingel. Christine öffnet und steht baff zwischen Tür und Angel; denn sie sieht Pierre vor ihr stehen. Pierre tritt auf sie zu und sie fliegt ihm in die Arme. Langen Kuß. Pierre kommt nicht zum atmen. Aber auch Christine kann nicht mehr atmen und hört daher auf.
"Guten Tag, Cherie, meine liebe kleine Christine!"
"Tag, Pierre"
"Schön, dass du mich nicht vergessen hast!"
"Habe ich das?"
"In Paris hatte ich schon das Gefühl gehabt, du hast nicht geschrieben, kein Telefon, nicht einmal eine e-mail. Und ich habe immer von dir eine Antwort erhofft. Jeden Tag habe ich sehnsüchtig darauf gewartet; aber was kam? Nichts kam! Und da hat es mich gepackt, und nun bin ich hier. Du weißt doch, wie sehr ich dich liebe!"
"Ja, Pierre, ich weiß!"
Pierre tritt in die Wohnung. "Du hast es aber schön hier!", staunte Pierre.

"O ja, das hat man mir oft gesagt!"
"Aber willst du nicht trotzdem nach Paris kommen?"
"Ich möchte schon gerne!"
"Was hindert dich also daran?"
"Meine Arbeit!"
"Deine Arbeit, wieso? Die leidige kann dir doch jetzt gestohlen bleiben!"
"Das sagt sich so einfach!"
"Ich bitte dich, Cherie, das ist doch kein Grund, und ausserdem ist es doch einfach! Schmeiß sie doch hin!"
"O nein, Pierre, so einfach ist das auch nun wieder nicht!"
"Du weißt doch, dass wir heiraten wollen; und da ich weiß, dass auch du heiraten willst, und zwar mich ist das doch ganz einfach. Schmeiß die Sachen hin und komme mit nach Paris!"
"Nee, Pierre!", sagte Christine, "so schnell geht es nicht. Lass mich erst einmal einen Kaffee machen! Du hast doch Hunger, oder?"
"Und ob, ich Verzehr mich ganz nach Dir. Und den Hunger eines Bären habe ich. Hast du was auf Lager?"
"Ja, aber übers Wochenende reicht es nicht; ich habe nicht mit deinem Kommen gerechnet!"
"Das macht doch nichts, Cherie, gehen wir nach draußen in die Stadt; aufs Fest, da gibt es reichlich Pizzas!"
"Hast du Geld mit gebracht? Und woher weißt du von dem Fest?"
"Ich fahre doch nicht ohne Geld los. Und im übrigen habe ich deine Freundin Regina getroffen!"
"So! Wo denn?"
"Ja, wie es nun mal im Leben so geht, durch einen Zufall!"
"So, durch einen Zufall! Zufälle geben dem Leben erst die rechte Würze!"
"Absolut Cherie!"
"Deine Freundin kommt bald und wollte dich aufs Fest entführen; nun kann sie mich mitnehmen!"
Beide sitzen eine Weile stumm am Tisch, bis es endlich schellt.
"Das wird Regina sein!" ruft Christine.
Sie geht an die Tür. Kurz darauf kommt sie zurück: "Das war nur jemand der Werbung loswerden wollte. Ach weißt du, Pierre, manchmal wenn ich so einsam war, habe ich mich immer wieder

nach Paris zurückgewünscht. Aber es ist ein großer Kampf, den ich führe. Du weißt ja gar nicht, was ich manchmal hier durchzustehen habe. Der physische und psychische Druck ist stark und wird von Tag zu Tag stärker. Auf die Dauer kann ich hier sowieso nicht bleiben; ich kann nicht ewig hier sein. Ich weiß nur eins: ich muss fort von hier. Und das sehr bald. Ja, vielleicht komme ich mit nach Paris. Und du kannst mich gut verstehen. Die Arbeit in meinem Betrieb macht mir schon lange kleine rechte Freude mehr. Ich frage mich manchmal, warum bin ich Idiotin eigentlich dahin gegangen. Ich habe es schon oft bereut; aber ich kann ja wieder gehen, und wenn ich beschließe von diesem Betrieb wegzugehen, dann werde ich bald in Paris sein. Immer die selben blöden dummen Gesichter sehen, jedesmal das gleiche tun, und dann der Computer; dieser hat sich zu einer regelrechten Krake entwickelt; sie hat mich fest im Griff; sie hat meinen letzten Nerv geraubt; sie hat mich schon geschafft, aber total. Und auf die Dauer will und kann ich in diesem Betrieb nicht arbeiten! Du wirst mich verstehen, Pierre?"
"Ja, Cherie, ich kann dich gut verstehen; denn seitdem ich dich kenne und du mich kennengelernt hast, da möchte ich sagen, dass du dich wohl unwahrscheinlich gut zu einem anderen Menschen entwickelt hast. Und das ist sogar vorteilhaft für dich und auch für mich. Vielleicht liebe ich dich deshalb. Du musst diesen Druck ablegen, und ich weiß, das kannst du nur dann tun, wenn du gehst. Ich bin mir da sehr sicher, dass du dann wieder aufblühst. Ich glaube, dann kannst du wieder Freude am Leben gewinnen!"
"Woher weißt du das?"
"Was?"
"Na, das mit der Freude am Leben!"
"Wieso?"
"Nun ja, ich dachte mir, wenn das so weitergeht, dann bringe ich mich um. Ich habe oft schon so manche Stunde einsam verbracht und gedacht: Gott, warum, lässt du mich nicht sterben. Ich will ja gar nicht leben, ich will sterben! Damals habe ich gedacht, ich müsste mich selber umbringen. Es kam auch schon bald gar zu oft vor. Doch seit du da bist, ja, seitdem ist alles ganz anders geworden"
"Ja, Cherie, das Gefühl `Von-sich-umbringen` kenne ich auch. Wahrscheinlich durchlaufen wir alle, jeder Mensch, diese Periode

von Selbstmordgedanken. Aber wir müssen dagegen ankämpfen. Ich kenne ein Sprichwort, da sagt: Lebe, als wolltest du täglich sterben, schaffe als müsstest du ewig leben! Und, Cherie, unter diesem Gesichtspunkte die ganze Sache mal richtig beleuchtet, was kann einem da noch groß passieren. Wir sind aus dem Staube gekommen, und gehen wieder in den Staub zurück. Aber, Cherie, das Leben dazwischen, das müssen wir so leben, als würden wir zu den Sternen wollen. Ja, wir müssen sogar bestrebt sein, dorthin zu gehen, und ist der Anfang auch noch so schwer; aber es muss angefangen werden, egal wie! Der Mensch muss sich im Leben ein Ziel gesetzt haben, ohne ein Ziel geht er zu Grunde. Und ich, Pierre, weiß genau was ich will! Cherie, was möchtest denn du in deinem Leben einstmals erreichen, und weißt du auch genau was du willst?"

"Ja, Pierre, ich weiß genau was ich will. Ich möchte Dich! Ich möchte dich heiraten. Und das seitdem ich dich kenne. Ich weiß es einfach nur. Und die anderen Gedanken sind wie verflogen. Ich will das Leben leben; schließlich leben wir ja nur einmal, und warum sollte ich mich da noch umbringen wollen. Es ist mir nicht mehr möglich mein altes Wesen zu begreifen. Ich habe eine Metamorphose durchgemacht; eine Umwandlung hat bei mir stattgefunden. Ich bin aus einer unscheinbaren Raupe ein bunter Schmetterling geworden. Ich möchte es einmal so sagen: Mein Raupendasein ist beendet! Ich war eine graue, sehr graue Raupe, doch du hast mich in ein neues Dasein gestoßen. Es ist schöner geworden, und jetzt weiß ich erst, was es heißt: ich verstehe zu leben!"

"O ja, Cherie, endlich kann ich dich in meine Arme nehmen, so wie ich das immer gerne gemocht habe. Ich verstehe auch zu leben und du verstehst zu leben, denn du musst wissen, wer mich heiratet, der hat es mit mir schwer im Leben; aber auch schöner, und du willst mit mir ja durch dieses Leben gehen. Noch einmal frage ich, und überlege es gut!"

"Ach, Pierre, was brauchst du noch danach fragen. Du weißt doch, dass ich nur dich will, und sonst keinen an meinem Busen liegen, egal was da auch kommen mag. Und wenn du den Weg zu den Sternen gehen willst, dann werde ich ihn mitgehen, und führt der Weg selbst in die Vernichtung , denn wie nah liegt das zusammen, gehe ich ihn auch dort mithin. Doch ich vertraue dir, und ich weiß, du wirst den Weg zu den Sternen schon schaffen!"

"Ma Cherie, davon bin gar nicht so überzeugt. Du malst dir nur etwas Schönes aus!"

"Ich weiß, Pierre, dass du hoch spielst, aber ich will mit dir nun einmal den Lebensweg gehn. Und wenn ich kann werde ich dich unterstützen. Ich leihe dir auch meine ganze Kraft. Aber ist es nicht besser, den Weg allein zu gehen, den ganzen Weg ohne ein Mädchen, ohne eine Frau. Wie viele haben dann erst spät geheiratet, so mit vierzig herum!"

"Cherie, das ist wohl wahr, aber ich will und muss dich heiraten; es mag auch sein, dass ich eine Frau brauche um durch das Leben zu gehen. Ja, vielleicht brauche ich diesen Menschen; und ich bin einer dieser Menschen, der das braucht!"

"Ist das auch wirklich so? Machst du dir da nicht etwas vor? Oder weißt du, wohin ich mich entwickele? Zu einer Julia oder zu einer Xanthippe. Vielleicht führen wir später ein Leben wie Katz und Maus. Ich bin die Katze und du dann die Maus. Ja, Pierre, wenn man das alles vorher wüsste, doch man weiß es einfach nicht!"

"Cherie, das ist auch gut so. Was wäre auf der Welt, wenn man alles schon vorher wüsste, aber man weiß es einfach nicht. Ja, dann gäbe es kein Morgen mehr. Und so wollen wir es belassen. Ich kann dich gut verstehen, aber ich möchte dich nun einmal mit Haut und Haar. Christine, ach, Christine!"

"Und wie wollen wir die Ehe führen? Ich brauche meine Bewegungsfreiheit in meiner zukünftigen Ehe, und kannst du die mir geben? Kannst du dafür garantieren. Aber ich weiß irgendwie - ich weiß nicht das rechte Wort dafür, dass unsere Ehe glücklich wird!"

"Ich weiß es auch nicht!"

"Aber ich möchte nicht bei deinen Eltern wohnen!"

"Ja, das verstehe ich! Ich habe dir ja geschrieben, dass ich ein Häuschen in Aussicht habe in der Nähe von Paris. Da könnten wir glücklich werden. Es ist ein altes Haus. Hat zwei Etagen. Zwar ist es ein bißchen groß für zwei; noch für zwei; denn wir wollen doch nicht allein sein. Du bist doch auch der Meinung!"

"Ja, Kinder möchte ich schon haben; nur jetzt noch nicht, vielleicht später. Kinder sind ein besonderes Problem. Sie machen zwar Freude, aber auch manchmal und manchmal sehr oft großen Ärger,

und der kann oft teuer kommen, wobei ich noch nicht einmal das finanzielle damit meine. Darum möchte ich vorerst keine haben!"
"Ich kann dich gut verstehen. Mir geht es genauso. Die Liebe ist zwar ein famoses Ding und auch ein Schönes. Sie bringt Menschen zusammen und lässt sie zusammen finden; aber nachher sagt die Natur: So, ich habe euch zusammengebracht, nun seht mal zu, wie ihr miteinander zurechtkommt, und ob ihr auch zueinander passt. Ich habe meine Pflicht und Schuldigkeit getan und was ihr jetzt miteinander macht, was ihr mit eurer Liebe macht, nun, was kümmert`s mich? Das ist jetzt eure Sache, nicht mehr meine, so sagt es die Natur. Siehst du, Cherie, so wissen wir überhaupt nicht, ob wir zueinander finden. Die Natur ist uns eigentlich feindlich gesonnen, auf lange Sicht gesehen. Und so müssen wir uns umso mehr auf Ehre und Gewissen prüfen, ob wir nun zusammen passen und ob wir uns zusammen finden. Denn ich glaube, erst die Zeit wird das zeigen, jedenfalls hoffe ich das. Aber an unserer Liebe lass uns nicht zweifeln. Cherie, wir müssen in unserer Liebe uns über jeden Zweifel erhaben fühlen. So kann man erst sagen, dass wir aus einer schönen Liebe eine gute Ehe gemacht haben.. Und so wollen wir uns beide nicht enttäuschen!"
"Weißt du, Pierre, ich will dich auch nicht enttäuschen; aber ich weiß nicht, ob ich die Kraft dazu aufbringe, die ich dazu brauche. Ich möchte eine gute Mutter sein; aber die Kinder sollen auch einen guten Vater bekommen. Wirst du ein guter Vater sein?"
Pierre sagte nichts, er schien nachzudenken. "Ein guter Vater", sagte Pierre, "werde ich vielleicht werden. O ja, ich glaube das schon, Christine!"
"Wenn du es sagst ,,,"
"Ja, Cherie."
Es klingelte.
Es klingelt ein zweites Mal. Christine steht auf und geht zur Tür und öffnete. Regina steht vor der Tür. "Komm rein!", sagte Christine.
"Du weißt ja schon, dass ich Besuch habe."
"Hallo, wir kennen uns schon!" sagte Pierre.
"Wollt ihr mitkommen?"
"Auf das Altstadtfest gern!" sagte Pierre.
"Unter stehen noch Freunde", sagte Regina. "Ich hoffe, dass es ganz

lustig wird."

"Wie ich gesehen habe", sagte Pierre, "muss eine menge hier heute und morgen los sein!"

"Wollen wir hoffen!" sagte Christine.

"Doch, es wird schön werden!" schloß Pierre ab.

6

Draussen stehe Reginas Freundinnen. Es kommt zu einem großen Hallo. Nur Pierre steht etwas einsam dazwischen.

Bald waren sie in der Altstadt. Sie mussten sich durch die Menschenmenge wälzen, und kamen dann bis zur Marktkirche. Dort war eine Bühne aufgebaut. Es war gerade eine Pause. Dort war das Rockfestival. Sie gingen weiter, und mussten sich durch die Menge drängen um an das Leineufer zu kommen. Auf dem Rasen lagerten sich die jugendlichen Zuhörer. Alles, was in Hannover Beine hatte, war hier unterwegs. Die Jugend sah man in Blue Jeans herumlaufen.

Sie kamen an einer Pizzaria vorbei.

"Wollen wir keine Pizza essen?"

Wenn du einen ausgibst, gerne!" lachte jemand von den Freunden, die auf diese Frage gestellt wurde.

"Hunger habe ich sowieso!", sagte Pierre.

"Na also, dann kannst du ja bezahlen?", hörte man wieder es lachen.

"Warum soll ich bezahlen? Ich bin hier zu Gast!"

"Du kannst ja bezahlen!", forderte Christine den Frager auf.

"Ich? Bin ich ein Wohlfahrtsinstitut?"

"Du kannst ruhig mal deinen Geldbeutel locker machen!"

"Na gut!", sagte er. "Wie viel sind wir denn!" Und er begann zu zählen. "Acht sind wir!"

Er ging zu Pizzaria hinüber und bestellte für acht Leute, die er dann brachte als, er endlich wiederkam. "So, ihr hungrigen Mäuler, jetzt könnt ihr Euch satt essen!"

Man riß ihm die Pizzas aus den Händen, und wurden dann mit Heißhunger verschlungen.

"Was machen wir jetzt?" fragte Regina.

"Weiß ich auch nicht!" sagte einer von den acht.

"Wie heißt ihr übrigens?" will nun Pierre wissen.

Christine stellte die weiteren sechs vor: Peter, Michael, Thomas, Elke, Marianne und Verena.

"Und was machen wir jetzt?" fragte noch einmal die hellblonde Verena nach.

"Lasst uns wieder zur Marktkirche zurückgehen. Mal sehen, wer da jetzt spielt?"

Der Vorschlag wurde einstimmig angenommen. Es ging wieder zurück durch das Gewühl zur Marktkirche. Man verlor sich beinahe aus dem Gedränge.

Und so verging der ganze Tag. Bald war es dreiundzwanzig Uhr geworden.

"Gehn wir wieder zum Jazz?", schlug Thomas vor. "Vielleicht spielt jetzt die Bourbon Skiffle Company!"

"Was ist die Bourbon Skiffle Company?" wollte Pierre in Erfahrung bringen.

"Eine bekannte Jazzband aus Hannover!" antwortete man ihm.

Kaum kamen sie an, hörten sie schon den Moderator sagen: "Nun spielt die Bourbon Skiffle Company!"

Ein großes Hallo erfolgte. Das Gedränge auf dem Platz vor der Bühne nahm bedrohliche Formen an. "Könnt ihr nicht einmal einen Schritt nach rückwärts tun!", forderte sie der Moderator auf. "Die hier vorne bekommen ja kein Luft mehr, wenn von hinten so weiter nach vorne geschoben wird. Ein Mädchen ist hier schon umgefallen. Bitte macht doch Platz!"

Das Mädchen wurde auf die Bühne getragen. Sanitäter eilten herbei. Nachdem es wieder zu sich kam und von der Bühne getragen wurde, sagte der Moderator: "Aber es fehlt noch Hamlet. Könnt ihr nicht einmal alle nach Hamlet rufen?"

Alles, was eine Stimme hatte, brüllte nach Hamlet.

"Noch lauter! Das hat er doch nicht gehört!"

Man schrie sich die Kehle wund. Hamlet.

Hamlet kam auf die Bühne. Grösstes Hallo für den Sänger. Nun begannen sie zu spielen. Menschen drängten sich weiter nach vorn. Und so wurde unentwegt eine ganze Stunde gespielt. Aber auch dieser Tag neigte sich dem Ende entgegen.

"Wer weiter feiern will, und das wollen wohl alle", sagte der Moderator, "der kann in den kleinen Hinterhöfen oder in den Zelten feiern!" Alles lachte. "Aber morgen geht es ja weiter. Wir treffen uns dann um elf Uhr wieder."

Sehr schnell löste sich die Menschenmenge auf. Pierre und Christine standen noch zusammen. Die anderen hatten sich in alle Himmelsrichtungen aufgelöst.

Nein, Regina kam heran. "Kommt ihr mit? Wir sind da unter den beiden großen Schirmen!" fragte sie.

"Hast du Lust, Pierre?" fragte nun Christine.

"Warum denn nicht?"

Man traf sich unter dem Schirm wieder.

Ein Hydrant wurde aufgedreht, und das Wasser spritzte eine zehn Meter hohe Fontäne in den Himmel. Wer diesen aufgedreht hatte konnte man nicht mehr feststellen. Endlich kam die Feuerwehr und stellte den Hydranten ab. Als es dann schon bald morgen war fand man den Weg nach Haus.

"Christine, du bis leicht beschwipst!" sagte Pierre.

"Ja, mein liebster Pierre!"

"O, es ist schon sechs Uhr!" sagte Pierre als er auf seine Uhr schaute.

"Was schon sechs Uhr?"

"Ja, Cherie. Jetzt bin ich aber müde. Ich könnte mich gleich auf die Bank hier in der Straße legen und einschlafen!"

"Pierre untersteh dich ja, dich hier auf der Bank zum Schlafen sich zu legen. Komm jetzt mit!"

"Wo sind denn die anderen?"

"Welche anderen?"

"Regina, Thomas und die anderen?"

"Vielleicht auch zu Haus. Seit vier Uhr habe ich sie schon nicht mehr gesehen."

"Na, ist ja auch egal!"

Als unsere beiden endlich nach Hause kamen, fiel Pierre sofort ins Bett. Gerade das ausziehen schaffte er noch. Christine zog eine Decke über Pierre und ging dann selbst ins Bett.

7

Am selben Tag steht am späten Mittag Christine am Herd und kocht Kaffee. Pierre liegt immer noch im Bett.
"He! Aufstehen, du Faulpelz!" rüttelte sie ihn wach.
"Ach, lass mich doch noch schlafen!" regelte er sich herum. "O nein, du kommst jetzt raus, sonst werde ich böse!" lachte Christine
"Du kannst mir gar nicht böse sein!"
"Du wirst es gleich sehen!"
Pierre seht sich im Bett wieder um. Christine geht in das Badezimmer und holt einen nassen Schwamm. Noch hat Pierre die Augen geschlossen, während Christine auf Zehenspitzen daher kommt; dann hält sie den nassen Schwamm über das Gesicht von Pierre. Drückt zu. Da der Schwamm ein großer Schwamm ist, kommt auch viel Wasser auf Pierres Gesicht. Er fängt an zu prusten. Nun ist er aber auch wach und sieht die Übeltäterin an.
"Na warte!", und er zieht sie zu sich hinunter. "Das hast du nicht umsonst getan!"
Der Wasserboiler fängt an zu summen. Christine will ihn abstellen und will von Pierre weg, doch der lässt sie einfach nicht los. "Was möchtest du für eine Strafe haben?", fragte er Christine.
"Nachher", sagte Christine, "ich muss jetzt den Boiler abstellen!"
"Das kannst du auch ein bißchen später tun!"
"Aber die Nachbarn!"
"Was kümmern uns die Nachbarn!" Und der Boiler summt weiter.
Pierre hält sie fest, und lässt sie erst nach einem Kuß wieder los.
Der Boiler summt immer noch.
Pierre lässt sie los. Christine stellt ihn ab, und macht zwei Tassen Kaffee.
In der Zwischenzeit hatte sich Pierre angezogen.
"Pierre, wann fährst du wieder zurück?" möchte Christine wissen.
"Ich fahre nur, wenn du mitkommst!"
"Sei nicht so albern; du weißt doch dass ich nicht mitkommen kann!"
"Leider! Ich weiß es nur zu gut!"
"Stimmt. Du kennst mich, aber ich kenne nur deinen Namen. Ich weiß nicht sehr viel über dich erzählt, Fräulein Waldermark! Was

weiß ich von dir? Eigentlich nichts von deiner Persönlichkeit!"
"Ja, Pierre, das stimmt. Du weisst von mir nichts!"
"Siehst du!"
Christine holte dann das Frühstück ins Zimmer
"Na, willst du nicht mal etwas aus deinem Leben erzählen!" forderte
sie Pierre auf.
"Doch, Pierre," sagte Christine während sie die Teller und Tassen
wieder zurückbrachte. "Ich stamme aus einem kleinen Dorf, und auf
diesem Dorf leben auch noch meine Eltern. Ich habe noch vier
Geschwister. Die älteste ist schon verheiratet. Ein Bruder, es ist der
jüngste, geht noch auf die Penne und macht bald sein Abi. Dann habe
ich noch einen Bruder dort, der ist bei der Bahn angestellt, und dann
habe ich noch eine Schwester, die in Hamburg wohnt. Früher war
mein Vater Landwirt, aber das ist schon lange her. Jetzt arbeitet er
als Schlosser in einem großem Betrieb. Und ich selbst wohne seit
zwei Jahren in Hannover. Der Druck in diesem Dorf war schon so
stark geworden, dass ich langsam gehen musste. Ausserdem gefiel es
mir in dem Dorf nicht mehr. Ich bevorzuge die Großstadt. Da habe
ich mich nach einer anderen Stelle umgesehen. Nach einiger Zeit
hatte ich sie auch; jedenfalls eine, die mich interessierte und die mir
einigermassen gefiel. Allerdings jetzt auch nicht mehr!"
"Und wissen deine Eltern schon, dass ich in dein Leben getreten
bin?"
"Ja, in einem meiner letzten Briefe und Telefonate hatte ich dich
schon erwähnt!"
"Und wo wohnen sie. Wie weit weg von hier?"
"Es sind achtzig Kilometer!"
"Das geht ja noch."
"Ja, da lassen sie sich wenigstens hier nicht sehen. Und ich habe
meine Ruhe!"
"Das ist natürlich wichtig, Cherie!"
"Und wie ich manchmal gelebt habe. Mir schauert jetzt noch wenn
ich daran nur denke. So hatte ich meine eigne Welt hier in Hannover
aufgebaut. Und du bist der erste, der hineinkam. Habe dich ja herein
gelassen!"
"und wie war es auf der Schule?"
"Die Schule. Ich habe die mittlere Reife."

"Und kannst du mich nicht deinen Eltern vorstellen?"
"Warum?"
"Ich meine nur. Irgendwann werden wir das sowieso machen. Also können wir es gleich tun!"
"Du hast recht!"
"Na siehst du. Dann könnten wir ja mal kurz herunterfahren. Achtzig Kilometer, das können wir noch heute machen!"
"Aber das Altstadtfest?"
"Die werden schon merken, wenn wir nicht da sind!"
"Gut. Fahren wir!"
"Du willst, nicht ich!", stellte Christine nüchtern fest.
"Stimmt. Verlobt sind wir schon!"
"Aber noch nicht verheiratet!"
"Man kann sich ja oft verlieben so oft man will; man kann sich oft verloben so oft man will; aber man darf nicht heiraten!"
"Du Witzbold! Willst du mich nicht mehr?"
"O doch. Ich meine nur, das sagt man so!"
"Das wollte ich auch meinen!"
"Es war halt doch nur ein Scherz!", sagte Pierre.

8

Pierre fährt die Autobahn entlang. Aus dem Autoradio erklang Musik. Die Musik brach ab. "Wir haben eine wichtige Mitteilung für die Autofahrer auf der Bundesautobahn Hannover - Braunschweig. In der Höhe der Abfahrt Braunschweig-Nord hat sich ein schwerer Unfall ereignet. Die Polizei bittet die Autofahrer die Autobahnabfahrt Braunschweig-W... zu nehmen." Die Durchsage wurde wiederholt. "Und nun machen wir weiter in unserem Musikmagazin Domino!" Wieder hörte man die Musik.
"So", sagte Christine. "Nun ist es nicht mehr weit, die nächste Abfahrt ist auch schon Braunschweig-W....Dann müssen wir noch durch die Stadt fahren, ein paar Dörfer und dann sind wir da!"
Pierre lenkt den Wagen von der Autobahnabfahrt herunter.
"Drei Dörfer noch!" sagte Christine
"Wo ist es jetzt?" fragte Pierre Christine.
"Fahre nur ein Stückchen die Straße herunter. Es ist ein

Fachwerkhaus. Du! Da vorn ist es!"
Pierre hält passenderweise vor dem Hause an. Beide stehen vor dem
Haus und Christine drückt die Klinke herunter. Es ist geschlossen.
"Vielleicht sind sie gar nicht zu Haus." meinte Pierre lapidar.
"Ach was. Sie sind zu Haus. Die alte Ziege, die hier unten wohnt
schließt immer ab. Sie glaubt wohl das man bei ihr einbricht.
Ausserdem sind im ersten Stock die Fenster geöffnet!"
Da das Haus neben einer Bahnlinie steht hörte man einen
Regionalzug vorbeifahren.
Christine drückt die Klingel.
Nach einer Weile hört man Schritte kommen. Knarrend drehte der
Schlüssel sich im Schloß. Die Tür wird geöffnet. Frau Waldermark
steht dahinter. "Ach, Christine, bist du einmal wieder da!", sagte sie.
"Ja, Mama. Und hier, das ist Pierre, mein Verlobter!"
"So!", sagte erstaunt Frau Waldermark. "kommt doch herein."
"Wer ist gekommen?" hörte man eine Stimme rufen.
"Das ist Andreas, mein jüngster Bruder!" sagte Christine. Dann war
man in der Wohnung.
"Ah, Christine!" sagte Andreas. "Und wer ist das?"
"Das ist Pierre, mein Verlobter!"
Dann kam auch der andere Bruder herbei und hinter ihm die
Schwester.
"Das ist Siegfried und Maria!"
"Legt doch erst einmal ab!" forderte sie Frau Waldermark auf.
"Und wo ist Paps?" fragte Christine.
"Er ist im Garten!" sagte Siegfried.
"Sonnt er sich da?"
"Ich kann ihn ja raufholen!" bot sich Andreas an.
"Tu das!", sagte Frau Waldermark. "Wir wollten sowieso jetzt
Kaffeetrinken!" Sie sah sich nach Maria um. "Und du, Maria, legst
noch zwei Gedecke auf!"
Die Tür geht auf. Herr Waldermark steht plötzlich in der Wohnung.
"Sie also sind der Verlobte unserer Tochter!" Pierre steht auf.
"Setzen sie sich doch wieder!" Herr Waldermark setzt sich auch auf
einen Stuhl. "Sie kommen aus Frankreich!"
"Ja, aus Paris!"
"Entschuldigen sie, dass ich so neugierig bin. Was machen sie

beruflich? Man will ja schließlich wissen, wohin man seine Tochter gibt. Aus mir spricht noch der Vater!"

"Ich studiere in Paris!"

"Und was möchten sie werden?"

"Tja, eigentlich soll ich die Bank meines Vaters übernehmen!"

"Wer ist denn ihr Vater?"

"Er ist Bankier und einer der führenden Finanzmanager des Landes. Der Präsident hatte ihm sogar angeboten, Finanzminister zu sein!"

"Und haben sie noch Geschwister!"

"Nein!"

"Wie haben sie denn meine Tochter kennengelernt. Es interessiert mich außerordentlich."

"Kann ich mir denken. Wir lernten uns in Luxemburg kennen!"

"In Luxemburg?" staunte Herr Waldermark und wandte sich an die Tochter: "Wie bist du denn dahin gekommen?"

"Es hat sich so ergeben, Paps!" antwortete Christine. "Ich war in meinem Urlaub dort." Kein Wort von dem Jungen. Christine hält es besser, ihn nicht zu erwähnen.

"Und sie lieben meine Tochter?" stellte Herr Waldermark eine weitere Frage an Pierre.

"Sonst würde ich kaum hier sein!"

"Stimmt auch wieder!" stimmte der Vater von Christine zu.

Maria kam mit einer Tortenplattherein. Hinter ihr erscheint Frau Waldermark mit dem Kaffee. "Möchten sie Kaffee?" fragte Frau Waldermark Pierre.

"O ja, ich lehne nicht ab!", sagte Pierre.

Frau Waldermark schneidet die Torte in zwölf Teile und legt das erste Stück auf Pierres Teller. "Möchten Sie auch Sahne haben?"

"Danke!"

"Was studieren sie denn?", möchte nun doch endlich Herr Waldermark erfahren.

"Politologie; Geschichte. Zwei Jahre habe ich in München studiert, und vor nicht allzu langer Zeit habe ich auch mit Germanistik angefangen!"

"Ah, deshalb sprechen sie so gut deutsch!"

"Und wann möchten sie heiraten?"

"Das hängt von Christine ab!" sagte wehmütig Pierre.

"Christine, willst du nicht?", wendet sich Herr Waldermark an seine Tochter.

"Ich möchte schon, nur nicht sofort!"

"Da hören sie es!", sagte Pierre.

"Nun ja, wenn es so ist, und sie noch nicht will, da kann man nichts machen. Und trotzdem glaube ich, dass ihr schon in einem Jahr verheiratet seit!"

"Sie sind aber optimistisch!"

"Warum soll ich den Griesgram spielen!" lachte der Vater aus vollem Halse.

"Wenn sie meinen!" sagte Pierre.

9

"Deshalb müssen wir friedfertig sein und mutig zugleich. Wir wollen, dass dieses Volk nicht verweichlicht wird, sondern, dass es hart sein wird. Und ihr müsst euch in der Jugend schon dafür stählen. Ihr müsst Entbehrungen auf euch zu nehmen lernen; denn was wir heute schaffen und was wir tun, wir werden vergehen, und wenn von uns nichts mehr übrig sein wird, dann werdet ihr die Fahne, die wir einst aus dem Nichts hochgezogen haben, in euren Fäusten halten müssen!" So plärrte es aus dem Lautsprecher. So plärrte Hitler.

"Musst du denn dieses hören? fragte Herr Waldermark seinen Sohn Andreas.

"Ja, ich muss Wir sollen morgen eine Abhandlung über die Jugend des Dritten Reiches abliefern, und wie die Nazis die Jugend für ihre verblendeten Zwecke eingesetzt haben. Deshalb höre ich mir diese Aufnahme an."

"Aber musst du unbedingt Hitler durch die Gegend brüllen lassen; ausgerechnet wenn Besuch aus Frankreich da ist!"

"Na und? Hitler hat es gegeben, den können wir nicht mehr aus der Geschichte radieren!"

"Du hast schon recht. Aber kannst du es nicht trotzdem abstellen. Vielleicht ist er nicht gut auf Deutschland zu sprechen, oder seine Eltern!"

"Frage ihn doch selbst" schlug Andreas vor. "Er weiß doch, dass Christine eine Deutsche ist, oder?"

"Ja schon, aber trotzdem möchte ich es nicht!"

"Ich muss aber übermorgen die Arbeit abgeben. Da bleibt mir nichts übrig, als zu arbeiten."

"Konntest du das nicht vorher tun?"

"Wusste ich denn, dass Christine mit ihrem Lover erscheint!"

"Wie sprichst du über deinen zukünftigen Schwager!?"

Es klopft.

"Darf man eintreten?" fragte Pierre, nachdem die Tür schon geöffnet war.

"Und denke daran, was ich dir gesagt habe!" sagte Herr Waldermark zu seinem Sohn und verließ das Zimmer.

"Komm rein!" sagte Andreas.

"Etwas für die Penne!"

"Und was?"

"Schreibe gerade über die Jugend des Dritten Reiches!"

"Dann war das doch eben Hitler, den ich hörte?"

"Ja, das war der große Führer! Früher war das Dritte Reich im Schulunterricht ein Vakuum. Und heute, Jahrzehnte später scheint die deutsche Geschichte erst mit dem Jahr 1933 eingesetzt zu haben, und bereits 45 schon wieder zu Ende zu sein. Man tut heute so, als hätte es nur das Dritte Reich gegeben, obwohl es logischerweise davor noch zwei weitere Reiche gegeben haben muss Da es nun einmal gegeben hat, sollte man aus der Geschichte lernen!"

"Und wo hast du diese Aufnahmen her?", fragte Pierre.

"Ach, das hatte ich mal aufgenommen. Habe überhaupt sehr viel Material über die Zeitgeschichte des Dritten Reiches gesammelt, so wie über den zweiten Weltkrieg!"

"Kann ich mal etwas hören?"

Siegfried dreht den Knopf des CD-Players und schon hörte man wieder Hitler aus dem Lautsprecher brüllen. "Und ich weiß, das kann nicht anders sein, als mit uns verbunden, und wenn die große Kolonne unserer Bewegung siegend durch Deutschland marschieren, dann weiß ich, ihr schließt euch den Kolonnen an, und wir wissen, vor uns liegt Deutschland, in uns marschiert Deutschland, und hinter uns kommt Deutschland!"

Nun brauste das `Heil Hitler´ durch das große Rund.

Die Massen waren in einer Hysterie gefangen, und aus dieser

Hysterie heraus erklang ein Lied von der Hitlerjugend gesungen:

"Unsere Fahne flattert uns voran,
in die Zukunft ziehn wir Mann für Mann;
wir marschieren für Hitler durch Nacht und durch Not,
mit der Fahne der Jugend für Freiheit und Brot!
Unsere Fahne flattert uns voran,
unsere Fahne ist die neue Zeit
und die Fahne trägt uns in die Ewigkeit,
ja, die Fahne ist mehr als der Tod!"

Andreas stellte den CD-Player. "Man gut, dass wir diese Zeit nicht mehr erlebt haben. Wenn ich mir vorstelle, ich hätte gegen Frankreich kämpfen müssen!"
"Ja", sagte Pierre. "Du hast recht. Gott sei Dank, diese Zeit ist vorüber. Und die deutschen halten nicht mehr viel vom Krieg!"
"Zwei Weltkriege, das reicht wohl auch!"
"Und hoffen wir, dass es nicht noch einmal zu einem solch großen Krieg kommt!"
"Wenn einer kommt", sagte Andreas. "Dann nicht von Deutschland!"
"Hast du noch viel zu tun?"
"Na, es geht. Diese Seiten dann noch ins Reine abschreiben, dann bin ich fertig!"
"Wir werden uns so schnell nicht mehr wiedersehen!", sagte Pierre. "Wir fahren zurück!"

10

Abend ist es geworden. Auf der Autobahn wird der Wagen nach Hannover zurückgelenkt.
Wieder in der Wohnung zurück. "So, das hätten wir auch hinter uns gebracht. Die Antrittsvisite ist überstanden!" sagte Pierre.
"Na, so schlimm war es doch nicht!"
"Das sagst du?"
"Willst du morgen wieder fahren" fragte Christine.
"So recht Lust habe ich keine, aber ich muss zurück nach Paris.

Komme doch mit!
"Ich kann nicht, das weißt du doch!"
"Ich habe etwas vergessen", sprang Pierre auf. "Im Auto liegt noch ein Geschenk für Dich!"
"War doch nicht nötig, für mich etwas mitzubringen!"
"Doch, doch, Cherie"; sagte Pierre und war schon an der Tür.
"Werde es gleich mal holen!"
Aber das er kaum aus der Wohnung ist, rutscht er vor der Haustür aus, und verstaucht sich den Fuß. "Verdammt, ausgerechnet jetzt!" schimpft er und versucht aufzustehen. Aber es geht nicht. Schließlich schafft er es doch und humpelt wieder die Treppe hinauf.
"Was hast du gemacht?" sieht Christine das Unglück.
"Mein Fuß, mein Fuß! Ich glaube sogar, er ist gebrochen!"
"Zeige ihn einmal her. So schnell bricht es sich nicht!"
"Ich weiß nicht!" Pierre zeigt seinen Fuß. Christine sieht in sich an. Er ist geschwollen."
"Das ist doch sehr bedenklich!", meinte Christine nun. "Wir sollten morgen zum Arzt gehen!" Christine half Pierre ins Wohnzimmer.
"Komm, und lege dich erst einmal hin! Aus der Rückfahrt nach Paris wird es wohl vorerst nichts!"
""Das merke ich nun leider auch!"
Christine fasste den Fuß an.
"Verdammt, das tut doch weh!" brüllte Pierre. "Ich werde diese Nacht wohl kaum schlafen können."
"Das ist leicht möglich!"
"Ja, wenn die Götter treffen wollen, den treffen sie überall. Es ist auch zu dumm!"
"Da hilft auch jetzt kein Jammern mehr!"

11

Am nächsten Tag. Es ist Montag ist der Himmel Wolkenverhangen.
Draußen schlugen die Regentropfen an das Fenster.
Christine wachte auf.
Pierre war doch eingeschlafen.
Nach der Morgentoilette und dem Frühstück hilft Christine aus dem Haus zum Auto hin. Und sie fährt ihn zum Arzt. "Ich komme dich am

Mittag wieder abholen!" sagte Christine.

Als sie zu ihrem Betrieb kommt, wollte der Wärter sie gar nicht hereinlassen; denn ersah nur das Auto mit dem französischen Kennzeichen. Als er aber sieht, wer hinter dem Lenkrad sitzt, lässt er sie passieren. Und Christine sieht noch wie der Wärter erstaunt hinter den Wagen herschaut.

Stellt ihn auf den Parkplatz ab, und geht in den Betrieb.

12

Es ist neun Uhr geworden. Doktor Robert hat endlich mit der Sprechstunde angefangen. Im Wartezimmer hatten sich mehrere Patienten eingefunden. Alle warten auf Doktor Robert. Doktor Robert lässt sich Zeit.

Die Tür geht auf. Die Arzthelferin erscheint. "Wer ist der Erste?"

"Ich!", sagte Pierre.

"Na, dann kommen sie mal!"

"Wenn sie mir helfen, gerne!" Und steht umständlich auf

"Wieso?"

"Ich kann nicht laufen!"

"Aha."

Die Arzthelferin stützt Pierre und brachte ihn in die Praxis.

"Guten Tag!", sagte Doktor Robert. "Ich habe sie hier noch nicht gesehen!"

"Guten Tag!", sagte nun seinerseits auch Pierre. "Das kann ich mir denken. Ich bin auf Besuch hier in Hannover!"

"Und wo kommen sie her?"

"Aus Paris!" Pierre setzte sich auf den Stuhl. "Ich bin zur Zeit Gast bei Fräulein Waldermark!"

"Ach, bei der kleinen Christine. Was macht sie überhaupt. Ich habe sie schon lange nicht mehr gesehen!"

"Es geht ihr ganz gut. Noch ist sie gesund und munter!"

"Sie sind wohl ihr Freund?"

"Das haben sie aber schnell gemerkt!"

"Dann zeigen sie mal den Fuß her!"

Pierre zieht Schuh und Strumpf aus.

"Ganz schön geschwollen. Da müssen wir wohl röntgen!" Und

bewegt den Fuß. Pierre beisst die Zähne zusammen.

"Tut das weh?

"Und ob!"

"Ich glaube der Fuß ist angebrochen!"

"Meinen sie wirklich!"

"Wenn wir die Aufnahme sehen, sehen wir weiter. Schwester Gabi wird sie jetzt röntgen."

"Und das hat mir auch gerade noch gefehlt. Ich wollte heute nach Paris zurückfahren. Aber daraus wird wohl nichts!"

"Wieso sie können doch auch mit dem Zug fahren, oder Christine fährt sie hin!"

"Das geht auch!"

Der Arzt verläßt ihn, dafür kommt Schwester Gabi. "Na, dann kommen sie mal!"

Pierres Fuß wird nun geröntgt, und es stellt sich heraus, dass er gegipst werden muss

Am Mittag kommt Christine und holt Pierre ab.

"Und was geschieht nun?", stellte Pierre die Frage.

"Das ist die Frage!", antwortete darauf Pierre.

"Du bleibst erst einmal bei mir!", sagte Christine. "Ruf deine Eltern an, dass du nicht kommen kannst. Und am folgenden Wochenende fahre ich dich nach Paris zurück!"

Trotz seines gebrochenen Fußes ist Pierre sehr damit einverstanden, denn er kann noch ein bisschen bei seiner Christine bleiben.

Dasselbe scheint Christine zu denken, als sie sagte: "Jetzt habe ich dich für eine Woche ganz allein!"

Zuhause schaut Christine in den Kühlschrank. Fast leer.

"Du, Pierre, ich muss noch einkaufen gehen. Wir haben nichts mehr zu essen. Ich muss noch sehen, was wir brauchen!" holte Christine einen Kugelschreiber und notierte was ihrer Meinung nach noch eingekauft werden müsste.

Dann geht sie zum Kaufmann.

Herr te Dorsthorst betreibt noch einen der selten gewordenen kleinen Tante-Emma-Läden, und steht hinter der Kasse.

"Lässt du dich auch wieder einmal sehen, Christine!"

"Ich muss ja auch etwas essen!"

"Du kommst aber heute spät. Wir schließen in einer halben Stunde!"

"Aber erst in einer halben Stunde!", lächelte Christine. Und nimmt einen Korb und geht durch den kleinen Laden. Als der Korb gefüllt ist, kommt Christine an die Kasse.

"Na, Christine, du hast ja soviel eingekauft, dass es für zwei reicht!" sagte Herr te Dorsthorst.

"Es muss auch für zwei reichen. Pierre war am Samstag gekommen. Und gestern hat er sich zu allem Überdruss noch einen Fuß gebrochen. In dieser Woche ist er bei mir. Werde ihn nach Paris zurückfahren. Solange muss ich ihn noch beherbergen."

"Wollte er dich schon holen?"

"So ganz Unrecht hast du nicht!"

13

Es klingelte an der Wohnungstür. Als Christine geöffnet hatte, sah sie Regina vor der Tür stehen.

"Kann ich reinkommen?" fragte sie

"Klar!" sagte Christine.

"Tag, Pierre!" sagte Regina. "Was hast du denn gemacht?"

"Ich habe mir den Fuß gebrochen!"

"So´n Pech aber auch!"

"Was willst du denn? fragte Regina.

"Ich wollte fragen, ob du nicht mitkommen wolltest in die Disco. Aber die Frage erübrigt sich wohl jetzt. Wo wart ihr denn gestern. Wir haben euch auf dem Altstadtfest vermisst!"

"Wir sind zu meinen Eltern gefahren!"

"Ja, wenn das so ist!"

Regina setzte sich auf einen Hocker. Pierre sah Regina an.

"Hast du noch die CD von der Patricia Kaas?" fragte Regina nun Christine.

"´türlich; welche willst du denn hören?"

"Sexe fort."

Christine schob die CD in den Player.

"Du magst wohl französische Sängerinnen?" wagte Piere die Frage zu stellen?"

"O ja!" kam die Antwort von Regina.

97

Aus den Lautsprechern erklang plötzlich die Stimme von Patricia:

"Ich glaubte nie an Liebe,
die dann immer Liebe bliebe
Und ich glaubte nie an Sehnsucht
die mir mein verdammtes Herz bricht
Nein, Garantien gibt mir keiner
Und ein Mädchen soll nicht weinen
doch ich geniesse meine Tränen
ganz und gar.

Vielleicht könn´ wir ja siegen
Und den Himmel jetzt schon kriegen.
Ja, vielleicht könn´ wir ja siegen
mit ´nem Leben ohne Lügen
Doch Garantien gibt uns keiner
Kein lieber Gott, auch der nicht leider
Komm, und halt mich fest, ich will dich spüren
ganz und gar. (Text M.M. Westerhagen)

... dann hörte man sie noch ein französisches Chanson:

"J'ai dit à mon amour
Que je ne l'aimais plus
Comme on dit à la terre
Je ne sèmerai plus
Comme on dit aux étoiles
Vous ne brillez plus
En toi je ne crois plus
En toi je ne crois plus ....

...J'ai dit á mon amour que je ne l'aimais plus
Comme on dit à la terre je ne sèmerai plus
Je t'aime et je ne t'aime plus."

"Du müsstest mal nach Paris kommen. Wenn sie wieder im Olympia
singen wird, wenn es dir Patricia angetan hat."

"Ich habe sie hier schon in Hannover auf der Gildebühne gesehen!"
"Was ist Hannover gegen Paris. Was ist das Olympia gegen die Gildebühne! Der ganze Esprit wirkt sich doch hier nicht aus. Du musst in eine Weltstadt kommen!"
"Dafür fehlt mir die Zeit!"
"Nimm dir doch die Zeit!"
"Leicht gesagt, aber schwer getan!"
Christine hatte inzwischen den CD-Player abgestellt, und die CD Regina ausgeliehen.
"Übrigens was machst du folgendes Wochenende?" fragte Regina.
"Da werde ich Pierre nach Paris fahren!"
"Dann in vierzehn Tagen!"
"Wer weiß was in vierzehn Tagen ist. Die Zeit fließt wie das Wasser die Leine herunter!"
Regina verliess die Beiden.
"Die wären wir Gott sei dank los!", stellte Christine mit Freuden fest.

14

Tage gehen dahin. Es ist Samstag.
Christine will Pierre nach Paris fahren.
"He, Christine, ich wollte dir doch etwas schenken!", fällt Pierre plötzlich siedendheiß ein. "Ich habe nicht mehr daran gedacht, als dann das Malheur mit dem Fuß passierte. Und nach Paris brauchen wir das wahrlich nicht mit nehmen. Kannst du nicht mal im Handschuhfach meines Wagens nachsehen. Dort liegt eine Schachtel in Seidenpapier eingewickelt. Cherie, gehe mal hinunter und hole sie herauf. Aber bitte noch nicht öffnen!"
"Wie konnten wir das auch vergessen", sagte Christine.
Als sie wieder im Zimmer mit der Schachtel steht gibt sie die Schachtel Pierre.
"Dreh dich einmal um!", forderte sie Pierre auf. "Und vor allen Dingen musst du deine Augen schließen!"
"Muss das denn sein!" beschwert sie sich.
"O ja", sagte Pierre und öffnete nun die Schachtel. Erholt eine Perlenkette an der ein feuriger Rubin hängt, hervor. "Hast du die

Augen geschlossen?" vergewisserte sich Pierre noch einmal.

"Ja!" hauchte Christine.

Pierre steht mit einiger Mühe auf und es gelingt ihm hinter Christine zu kommen. Dann legt er die Kette ihr um den Hals.

"Nun kannst du die Augen wieder öffnen. Und sehe mal in den Spiegel!"

Christine fühlt die Kette um den Hals und läuft ins Badezimmer.

"Du brauchtest mir doch nichts schenken? staunte Christine immer noch.

"Warum?"

"Es ist doch ziemlich teuer gewesen?"

"Und was ist mit den Kleidern in Paris, die noch dort sind und auf dich warten?"

"Das ist etwas anderes!"

"O nein, das ist auch nichts anderes. Das ist der Ausdruck einer großen Liebe!"

"Gut. Ich nehme es an!"

"Wollte ich wohl auch meinen!"

"Die Kette steht mir doch gut?"

"Deshalb habe ich sie dir auch geschenkt!"

Christine legt die Kette in die Kassette zurück.

"Jetzt müssen wir aber fahren!" Christine hilft Pierre aus der Wohnung in das Auto, und fährt los.

Und erst als sie in Paris ankommen, hält sie vor dem großen Gebäude an.

15

Madame Lamoureux steht zufällig gerade draussen auf der Terrasse als sich Pierres Wagen nähert.

Christine steigt aus und hilft auch Pierre aus dem Wagen.

"Pierre, was machst du denn für Sachen!" ruft Madame Lamoureux aus.

"Ja, wenn ich das nur wüsste!"

"Kommt erst einmal herein!"

Im Hause nimmt Mademoiselle Routier, das Hausmädchen, ihnen die Kleidung ab.

"Pierre, die ist wohl neu hier?", fragte Christine.

"Warum?"

"Weil ich sie das letzte Mal hier nicht gesehen habe!"

"Nein", lachte Pierre. "Die hatte nur Urlaub gehabt, und da war sie eben halt nicht. Auch das Personal muss mal Urlaub haben!"

"Christine, wie lange bleibst du?", fragte Madame Lamoureux.

Christine, die inzwischen besser französisch sprach, sagte: "Ich würde sagen bis Sonntagmorgen. Ich muss mit dem Zug zurückfahren. Ich kann nicht Pierres Wagen nehmen, oder doch, Pierre?"

"Unterstehe dich", sagte Pierre. "Ich brauche den Wagen selbst.

"Du Pierre?"

"Was ist?"

"Ich habe gerade gemerkt, dass ich ohne Geld aus Hannover losgefahren bin. Habe keinen Cent in der Tasche."

"Cherie, da ist doch nicht so schlimm. Geld bekommst du schon von uns, wo du doch schon fast zur Familie gehörst!"

"Gehöre ich wirklich dazu!", zweifelte Christine

"Gewiß!", sagte Madame Lamoureux. "Christine, du kannst das Zimmer vom letzten Mal nehmen. Kennst dich ja schon aus.!"

Christine geht die Treppe hinauf

Christines Zimmer lag nach dem Süden hinaus, und besaß einen großen Balkon, und sah man hinab, war dort unter ein Swimmingpool zu sehen. Noch war Wasser darin.

"He!" rief Pierre von unten.

Christine lief auf den Balkon.

"Willst du nicht mal schwimmen gehen?"

"Habe doch kein Badezeug mit!"

"Dann schau mal im Schrank nach!" schrie Pierre nach oben hinauf. "Und es sollte mich nicht wundern, wenn etwas dort liegen würde.. Vielleicht sogar ein Badeanzug!"

Christine läuft in das Zimmer zurück, und zieht alle Schübe und Schränke auf. Aus einem Schub leuchtet ein hellblauer Badeanzug ihr entgegen. Läuft wieder auf den Balkon und schaut hinunter.

"Na", lächelte Pierre. "Habe ich dir zuviel versprochen?"

"O nein!" schrie die Christine glücklich zurück. Läuft zurück und zieht sich um.

Pierre saß auf einem Stuhl als Christine endlich aus dem Haus kam.
"Ist das Wasser auch warm?", fragte sie misstrauisch.
"Geh doch hinein, dann wirst du es schon merken!"
Christine steigt langsam ins Becken. "Puh, ist das kalt!"
"Das kommt dir nur so vor!"
Christine schwimmt einige Runden um dann aus dem Wasser zu kommen.
"Ich habe das Handtuch vergessen!"
"Das haben wir gleich!", sagte Pierre. "Ich dachte mir schon, dass du keins mitbringst. Was krieg ich, wenn ich es dir besorge?"
"Du! Mit deinem eingegipsten Fuß?", lachte Christine. "Wo hast du es denn?"
"Nun, was bekomme ich dafür?"
"Nichts!"
"Nichts, dann bekommst du das Handtuch nicht!"
Christine stand mit dem Rücken zum Bassin.
"Dann gehe einmal ein Schritt zurück, dann bekommst du es!"
"Meinst du es auch ehrlich?
"Mais oui!"
"Du willst mich hereinlegen!"
"Dann lass es bleiben! Es gibt auch kein Handtuch!"
"Ich gehe schon!" und Christine fällt prompt wieder ins Wasser. Platsch liegt sie drinnen, aber sie kommt schnell wieder heraus.
"Warte, das merke ich mir!"
"Hier hast du das Handtuch!" und wirft ihr es zu.
Als Christine wieder umgezogen war, war es schon Abend geworden, und die Familie Lamoureux saß um den Esstisch herum.
"He, Christine!", meldetet sich Pierre zu Wort. "Du kannst auch fliegen oder geht das nicht?"
"Fliegt denn eine Maschine nach Hannover?"
"Ich weiß nicht!", sagte Pierre und sah dann seinen Vater an. "Fliegt eine Maschine dorthin?"
"Das werden wir gleich haben!", sagte Monsieur Lamoureux. Legte das Essbesteck zur Seite, stand auf und geht in sein Arbeitszimmer. Dort begibt er sich an den Computer und ruft die Internetverbindung der Air France auf. Sah auf den Bildschirm, tippte mehrmals etwas ein, und dann ratterte der Drucker, die Verbindung aus. Nun war er

schon mal dabei, zahlte er auch gleich übers Internet das Ticket, was ebenfalls dann ausgedruckt wurde. Dann erschien er wieder im Esszimmer.

"Es geht, aber nur über Frankfurt. Morgen Abend fliegt eine Maschine der Air France nach Frankfurt. Dort mußt du umsteigen in den ICE nach Hannover, und gegen Mitternacht bist du in Hannover. Das Ticket habe ich schon hier und bezahlt."

"Ich weiß nicht, ich bin noch nie geflogen!"

"Du machst das schon!", sagte Pierre.

16

Monsieur ist mit den beiden Liebenden auf dem Weg zum Flughafen Charles de Gaule.

"Wann kommst du wieder, Christine?" will der Vater in Erfahrung bringen.

"Das weiß ich jetzt noch nicht!"

"Ich hoffe doch bald!"

Pierre saß auf dem Vordersitz. Er hatte es sich nicht nehmen lassen, trotz des schlimmen Fußes die Fahrt mitzumachen.

Dann wurde der Flug nach Frankfurt aufgerufen. Christine geht durch die Kontrollen.

"Würden sie sich bitte anschnallen!" , sagte die Stewardess.

Das Flugzeug rollte zur Startbahn. Auf der Aussichtsplattform stehen Vater und Sohn und sehen, wie der Flug nach Frankfurt abhebt

"Sie fliegen wohl das erste Mal!", hörte Christine eine Stimme neben sich. "Sie sind so unsicher, ich merke das, wer zu ersten Male fliegt, aber das wird sich bald geben, sobald sie öfters geflogen sind!"

"Das mag sein!", antwortete Christine

"Das Fliegen macht nichts! Wo wollen sie denn hin?"

Nach Hannover!"

Ich muss nach München. Muß auch in Frankfurt umsteigen. Gestatten sie, dass ich mich vorstelle: Dr. Rastings!"

"Ich wollte doch sagen, dass ich sie irgendwo schon gesehen habe. Bestimmt aus einer Zeitschrift." Sie überlegte. "Nein, ich glaube, ich habe sie schon einmal in unserem Betrieb gesehen, da sind sie an mir vorbeigegangen. Sie sind doch der Chef der Albino-Werke?"

"Ganz recht, und mit wem habe ich das Vergnügen?

Christine stellte sich vor.

"Und was haben sie in Paris gemacht, wenn ich mal neugierig sein darf?"

Ich habe meinen Verlobten Pierre Lamourex besucht!"

"Doch nicht etwa den Sohn des Finanzmagnaten?"

"Ja."

"Den Vater kenne ich gut. Wenn ich in Paris geschäftlich bin, bin ich oft dort wie Zuhause. Wir beide hatten uns auf der Sorbonne kennengelernt. Da sieht man wieder, wie klein die Welt ist. Leider hatte ich diesmal keine Zeit dort vorbei zuschauen. Ich war kurz heute hier und muss morgen wieder in zu einer wichtigen Konferenz in meinem Werke sein. Aber bestellen sie mal dem alten Herrn!"! Er lachte. "Alter Herr ist gut! Also bestellen sie dem alten Herrn einen Gruß von mir!

Schon näherte man sich dem Frankfurter Flughafen. Hier trennten sich die Wege der Reisenden. Christine eilte zum ICE-Bahnhof, der unter der Erde lag, und nahm den Zug nach Hannover.

Vom Hauptbahnhof ist es sowieso nur einige Minuten bis zu ihrer Wohnung, und dort fällt sie übermüdet ins Bett.

17

"Nun, Christine!", sagte Herr te Dorsthorst. "Was macht dein Pierre?"

"Er ist wieder in Paris!"

Als sie vom Einkaufen zurückkam, denkt sie, wäre ich doch in Paris geblieben. Aber die Pflicht ruft! Ruft die Pflicht wirklich? Sie ruft nur den Menschen zu, die sich dieser Pflicht verpflichtet fühlen; aber ich fühle mich nicht der Pflicht verpflichtet.

Ja, warum fahre ich nicht nach Paris zurück?

Das Beste ich schreibe eine Kündigung. Denn halten kann mich nichts mehr hier; nicht mein Betrieb, nicht meine Eltern, nicht meine Freundinnen, auch nicht die beste.

Ich werde alles verkaufen. Nur Geld werde ich mitnehme. Sonst nichts.

Sie stellt den Fernseher an:"

Es kommt kein Programm das ihr gefällt.

Stellt ihn wieder ab.

Jetzt das Radio. Musik. Das ist schon besser.

Nach einer Weile greift sie zum Kugelschreiber und beginnt, welch altmodische Sache, einen Brief an Pierre zu schreiben. Zwar weiß sie was sie schreiben will, aber sie findet nicht den richtigen Anfang.

An dann denkt sie wieder an die Pflicht. Muß sie wirklich rufen. Nein! es ist nur der Wille eines Menschen, der sie dazu plagt.

Man braucht dieser Plage nicht zu folgen. Man sollte seinen eigenen Weg gehen. Aber ich, Christine, tute es nicht. Mit Christine stimmt vieles nicht.

Die Gedanken von ihr schweifen in die Vergangenheit zurück.

Sie ist noch; ja, wo ist sie eigentlich ...

18

Sie befindet sich in der Schule. Klassenlehrer Löhrer steht an der Tafel. Sie war damals schrecklich verliebt. Zwar nicht ganz so schlimm wie in ihren Pierre, aber schon sehr verliebt, und zwar in Lehrer Löhrer.

Eines Tages saß sie wieder auf der Bank und träumte vor sich hin. Lehrer Löhrer kam auf sie zu und bleibt vor ihr stehen. Christine träumte noch immer.

"Christine, aufwachen!" sagte der Lehrer.

Die Klasse lachte. Christine schwieg, sie sagte kein Wort. Plötzlich stammelte sie was wie eine Entschuldigung klang, aber man konnte es auch für etwas anderes nehmen.

Der Lehrer schien nichts zu merken, oder er tat nur so?

Als dann die Stunde vorbei war, rief er Christine noch einmal auf. Sie sollte sich im Lehrerzimmmer bei ihm melden bevor sie die Schule heute verließ. Darauf ging Lehrer Löhrer aus dem Klassenraum.

Ende des heutigen Tages in der Schule.

Christine ging auf dem Gang entlang und stand bald vor dem Lehrerzimmer.

Sie klopfte.

"Herein!"

Christine trat ein und sah den Lehrer Löhrer über einem Stapel von Heften sitzen. Eines war aufgeschlagen. In der rechten Hand hielt er einen roten Stift. Ohne aufzusehen wusste er das Christine eingetreten war.

"Ich soll mich melden!" sagte Christine.

""Ja, Christine setze dich doch!"

Ohne sie auch nur eines Blickes zu würdigen korrigierte er das vor ihm liegende Heft. "Ich weiß", fuhr er nun fort. "dass du mich liebst, aber du musst dir diese Liebe aus dem Kopf schlagen. Warte noch ein paar Jahre, du wirst schon sehen, die große Liebe kommt auch für dich noch! Und wenn sie kommt, wirst du an meine Worte denken. Die Liebe zwischen uns kann und wird nicht gutgehen. Schließlich liebe ich dich auch nicht!"

Aus Christines Augen schienen Tränen herauszuringen, und sie kämpfte gegen den Seelenschmerz an.

"Du mußt wissen, Christine, dass ich meine Frau liebe - und auch meinen Beruf!"

"Sie haben ja recht, Lehrer Löhrer!"

"Gut, das du das einsiehst. Da brauchen wir ja keine großen Worte mehr zu verlieren. Dir steht ja bald der Eintritt ins Berufsleben bevor. Und du wirst sehen, wie schnell du mich vergessen hast!"

"Das weiss ich nicht!"

"O doch, ich weiß das, aber du noch nicht. Du bist ja nicht die einzige, die mich liebte. Ja, es sind schon viele Mädchen vor dir gewesen. Jedes Jahr eine. Vielleicht weil ich so gut aussehe, oder was auch immer der Grund gewesen sein mag. So ist das Leben auch für einen Lehrer schwer. Aber Freunde können wir bleiben, mehr auch nicht!"

"Ja, Herr Lehrer!"

"Jetzt kannst du gehen!"

Christine schlich aus dem Lehrerzimmer heraus.

Nachdem sie das Schulgebäude verlassen hatte ...

Plötzlich war sie wieder in der Gegenwart. Durch den Nebel der Vergangenheit sieht sie sich wieder in ihrem Zimmer stehen.

Ja, denkt sie, so ist es eingetroffen. Nachdem ich aus der Schule

war, war auch der Lehrer aus den Augen verloren.
Und hatte nicht der Lehrer, wie hieß er noch? Christine erinnerte
sich nicht mal mehr an den Namen.

19

Christine kommt aus dem Betrieb zurück. Sie öffnet den
Briefkasten. Ein Brief aus Paris. Von ihrem Pierre. Schon im Flur
öffnete sie ihn und fängt an zu lesen:
´Meine kleine Christine,
kaum dass du fort bist, muss ich an dich denken. Ach, Cherie, meine
Gedanken kreisen wie ein Adler, der in den Lüften seine Kreise zieht,
um dich. Sie sind wie ein Vogel der seinen Horst sucht. Cherie, ich
vermisse dich so sehr. Du musst einfach zurückkommen.
Der Gips ist wieder ab. Ich könnte mir vorstellen, du liegst jetzt an
meiner Brust, um meine heiße Brust, die sich nach dir verglüht, zu
lindern. O, warum kannst du nicht kommen. Mit mir in der Sonne
liegen .Mit mir Schwimmen gehen. Ja, warum kann das noch nicht
sein?
Ich habe ein Haus in der Nähe von Paris gekauft für uns zwei. Mein
Vater hat mir das Geld geliehen. Er meint schließlich ja doch, dass
ich es bekommen werde.
Das Haus müßtest du sehen. Siehst du, wie du mir fehlst.
Wenn ich mir vorstelle, du und ich, wir beide in eins, ja zu einem
Wesen verschmolzen. Mag das nicht schön sein. Gewiss ist es schön.
Unsere Nachbarin in dem neuen Haus ist eine etwas ältere Jungfer.
Na, du wirst sie ja kennenlernen. Madame Merceau heißt sie. Zwar
ist sie etwas schrullenhaft, aber du braucht deswegen dir keine
Sorgen machen. Man muss sie nur recht zu nehmen wissen. Sie
besitzt einen bissigen deutschen Schäferhund, und trotzdem, wenn er
dich kennenlernt, dann wird er dich in dein Herz schliessen. Ich bin
mit ihm schon gut Freund geworden.
Das Haus habe ich durch die Vermittlung eines Freundes
bekommen. Studiert auch hier. Sehe ihn aber nicht so oft. Ja, das
Studium.
Doch du gehst ständig in meinem Kopf spazieren; wann kommst du?
Ich erwarte dich so sehr. Ich sehe wieder dein Bild vor mir und

meine Schmerzen fasern meinem Herzen einen freudigen Takt entgegen und fühle großes Verlangen nach dir und deinem Mund. Aber mein Mund weiß, dass dein Mund; deine roten Lippen sehr weit, sehr weit entfernt sind, und sie auch nicht fühlen können. Ich sehe nur die Sonne deines Wesens bei mir aufgehen, und die Sonne deines Lebens spendet mir neue Kraft und neue Nahrung.

Ach, Cherie, ich möchte schon ... Doch warum kannst du nicht hier sein! Du allein kannst mir der liebe Erleuchtung bringen.
Dein Pierre`

Da hielt Christine inne. Sie stand vor ihrer Wohnungtür. Sie suchte nach ihrem Schlüssel und öffnete ihre Tür. Blickte noch einmal auf den Brief. Dort war ein Zusatz geschrieben:

´P.S. Geliebte, nun musst du dich entscheiden .ich möchte dich nicht mehr allzulange vermissen. Ich kann nicht ewig warten!"

Nun endlich muss ich mir doch die Zeit nehmen, ihm zu schreiben.

´Liebster Pierre!
Ich werde sobald wie möglich kommen. Verzweifele nicht, denn deine dich liebende Christine fühlt auch wie du diesen Liebesschmerz, der einem ganz die Sinne vernebelt, der kein klares Denken zustande bringt. Ich werde bald kommen. Und wie die Liebe übermächtig wird - ja,dann kannst Du bald Deine Dich liebende Christine in den Händen halten. Ich werde mit dir den Weg des Lebens gehen; ich werde dich niemals allein lassen, nimmer !!!
Deine Dich liebende Christine´

20

Tage gehen dahin. Wochen gehen dahin. Wolken ziehen am Himmelszelt vorüber, und immer und immer wieder denkt Christine an ihren Pierre.

Die weißen Wolken wissen nichts von ihrer Qual. Und sie windet sich in Liebesschmerzen.
Endlich ...

Endlich ringt sie sich zu einem Entschluß durch; den Entschluß, nun endlich zu fahren.

Sie kündigt.

Nun ist sie frei! Was tut sie? Sie löst ihren Haushalt auf. Verkauft die Möbel, und kündigt ihre Wohnung.

Regina sah einmal flüchtig nach ihr. Ihr überlässt sie ihre CD-Sammlung bis sie wieder einmal nach Hannover kommen wird, um sie abzuholen.

Nur mit ihrer Lissy und Bargeld fährt sie nach Paris hinunter.

Zuvor hatte sie ihrem Pierre geschrieben, dass sie nun endlich kommen wird.

Zum letzten Mal; wirklich zum letzten Mal? fährt sie aus Hannover ab.

Der Weg ist frei!

Die Landschaft fliegt vorbei.

Deutschland, dann Frankreich.

Paris!

Paris, nur noch 100 Kilometer entfernt

50 Kilometer; 30 Kilometer.

Dann steht sie vor dem Haus.

Und dann ..

... dann steht sie vor Pierre. Gerade liest er ein Buch, als sie eintritt.

"Pierre, Liebster ich bin da!"

Madame Lamoureux trat hinzu. "Kommt ins Esszimmer. Christine hast du Hunger?"

"O Ja!"

"Wir haben heute noch einen Geschäftsfreund eingeladen!"

"Mama, werde mit Christine nach dem Essen, das Haus zeigen, dass ich gemietet habe."

Sie gehen ins Esszimmer.

"Das ist die Verlobte von unserem Pierre!", stellte Monsiuer Lamoureux Christine dem Geschäftsfreund vor.

"Bon jour!"

"Bon jour!", erwiderte der Geschäftsfreund.

"Kennen wir uns nicht?" fragte Christine.

"Denke nicht. Und ich wüsste auch nicht woher ich sie kennen sollte. Habe ich doch sehr viel zu tun, um mir jedes Gesicht zu merken!"

"Das glaub` ich wohl, Monsieur Rastings! Erinnern sie sich noch an den Flug nach Frankfurt?"

"Ja, jetzt fällt es mir wieder ein. Sie sind es gewesen. Hatten sie den Gruß an den alten Herrn bestellt?" und buffte Monsieur Lamoureux in die Seite.

"Alter Herr! Ich bitte dich!" meinte Monsieur Lamoureux.

"Gehen wir zu Tisch!" sagte Madame Lamoureux.

Nach dem Essen ziehen sich die beiden Geschäftsleute zurück. Pierre und Christine gehen auf´ das Zimmer.

"Ich kann dir ja mal ein Foto zeigen! Da, wo wir wohnen!"

"Ach lass das sein. Ich lasse mich gerne in natura das Haus sehen!"

Sie gehen zum Wagen.

"Wir fahren jetzt!" rief Pierre.

"Wann, Kinder, kommt ihr wieder?" hörte man die Dame des Hauses rufen.

"Das wissen wir noch nicht!"

"Bleibt aber nicht allzu lange!"

"Wir werden uns bemühen!" sagte Pierre. "Christine deinen Wagen können wir als Zweitwagen benutzen!"

Und steigen in den flotten Wagen von Pierre ein.

Lange dauert die Fahrt sowieso nicht. Und bald stehen sie vor dem Haus. Ein altes Haus; sehr solide aus Stein gebaut. Hat zwei Stockwerke. In der ersten Etage hatte es einen großen Balkon.

"Das ist es!" sagte Pierre als sie vor dem Haus hielten.

"Dies Haus hier!" meinte Christine. "Das sieht ja so neu aus!"

"Trotzdem ist es ein altes Haus. Es ist vollständig saniert worden. Innen hat es jeglichen Komfort!"

"Lass uns in das Haus gehen!"

"Dann müssen wir erst den Schlüssel von Madame Merceau, der Besitzerin dieses stolzen Anwesens holen. Ich habe den Schlüssel dort hinterlegt."

Pierre nimmt Christine unter die Arme und schlendert mit ihr zu einem gegenüberliegenden Haus, das eine Kopie des gemieteten Hauses hätte sein können.

Pierre zieht eine uralte Kette. Dumpf schlägt die Glocke drinnen an. Zuerst rührte sich nichts; doch dann hörte man knarrende Stufen. Ein schlürfender Gang näherte sich der Tür.

Die Haustür wird geöffnet und der Kopf von Madame Merceau zeigte sich. Als sie Pierre sieht wird sie gleich ein paar Grad freundlicher: "Ach sie sind`s!"

"Bon jour!"

"Sie wollen wohl den Schlüssel abholen. Dann zeigte sie mit ihrer Knochenhand auf Christine: "Das ist wohl ihre Braut!"

"Ganz recht"

"Sehr schön! Sehr schön. La pullover tres jolie !" sah sie auf Christine, die auf ihrem Pulli ein paar Elefantenbilder darauf hatte."

"Darf ich vorstellen..." sagte Pierre, aber er kam nicht dazu.

"Gleich werden sie den Schlüssel haben!" Und schlägt hinter sich die Tür zu. Und man hörte wieder knarrende Holzbohlen.

"Das ist wohl ein Hexenhaus?" fragte Christine.

"Lass das nicht Madame Mercerau zu Ohren bekommen!" warnte Pierre.

Bald darauf geht die Tür wieder auf und Madame Merceau gibt die Schlüssel Pierre.

Als sie dann vor dem Haus standen. "Jetzt kommt der große Augenblick. Nun werde ich dir dein neues Heim zeigen!" Pierre schließt auf. Knarrend drehte sich der Schlüssel im Schloß. "Bitte einzutreten, Cherie !"

"Pierre, das Schloß kannst du gleich mal ölen!"

"Aber doch nicht vor unserer Heirat. Das verscheucht nämlich die bösen Geister!"

"Es sind wohl hier viele böse Geister?"

"Weiß ich nicht! Vielleicht der kleine und große Poltergeist!"

Pierre lässt Christine den Vortritt..

"So", sagte Pierre, "da werde ich dir erst einmal die Küche zeigen!"

"Und wo ist das Schlafzimmer?"

"Geduld, Geduld, da kommen wir auch noch hin!"

"Ich will mich aber nicht gedulden!"

"Erst zeige ich dir das Wohnzimmer!", und schritt voraus.

"Wo ist das Schlafzimmer!", quengelte weiter Christine.

"Du kannst es wohl nicht erwarten!", lachte Pierre. "Gleich ins Bett, das find ich gut! Die Treppe geht´s hinauf.

Christine lief eilends hinauf.

"Nun, wie gefällt es dir?", fragte Pierre, der hinter ihr stand.

Das Schlafzimmer war mit einem großen himmelblauen Doppelbett ausgestattet. Weiße Schränke, und einem goldfarbenen Teppich ausgelegt.

"Schön, Phantastisch!"

"Wusste ich´s doch, dass dir das gefällt"

Das Schlafzimmer wurde durch ein immens großes Fenster erhellt; eine Balkontür führte auf den großen Balkon, den nun auch Christine betrat.

Man sah unten einen weiten Rasen

"Und was ist das?" Christine schien nicht zu fassen, was sie sah, und zeigte nach unten.

"Was denn, Cherie?", tat Pierre ganz unschuldig

"Na, das da unten!"

"Was da unten?"

"Der Schwimmingpool!"

"Ach der! Gefällt es dir?"

"Das ist doch alles so unverschämt teuer?"

"Wie man es nimmt. Für mich war für dich nichts zu teuer. Selbst wenn der Euro untergeht; diese Werte bleiben bestehen!"

In der Ferne hörte man einen Zug vorbeirauschen.

"Das war der TGV nach Calais!", sagte Pierre. "Später werden wir eine andere Wohnung haben; aber solange es geht, bleiben wir hier. Ausserdem haben wir dann eine Sommerwohnung vor den Toren Paris, so quasi!"

"Wenn du meinst, Pierre!"

"O ja."

Christine schaute in die Ferne. Sie sah den blauen Himmel

"Ausserdem will ich ja mit meinem Examen fertig werden!"

Christine wendete sich vom Fenster ab und schaut in die Schränke. Doch noch sind sie leer.

"Das wird bald anders werden!", verspricht Pierre. "Ich habe noch eine Überraschung für dich!"

"So! Noch eine?

"Ja ja, Cherie!"

"Nun, wo denn?"

"Sieh doch einmal in der Garage nach! Da wirst du es sehen!"

"Und wo ist die Garage?"

"Hinter dem Haus. Hier hast du die Schlüssel!", gibt Pierre sie ihr.

Christine läuft aus dem Haus. Pierre schlendert gemütlich hinter ihr her und schmunzelt leicht.

Als Christine die Garage geöffnet hat, glaubt sie ihren Augen nicht trauen zu dürfen. Ein schnittiger, schneller Wagen steht dort, und dieser scheint nur auf sie zu warten.

"Ja, deine alte Lissy hat ausgedient. Aber behalten können wir ihn trotzdem, nach den Abenteuern, die wir mit dem Jungen erlebt haben!"

"Du, Pierre, sage einmal was hat dich den dieser Spaß gekostet!"

"Nichts!"

"Nichts?"

"Ja, du musst du meinen Vater, deinen zukünftigen Schwiegervater fragen. Papa hat ihn dir geschenkt!"

"Lass ihn mir fahren!"

Pierre überreicht ihr die Autoschlüssel, und Christine fährt ein paar mal um den Häuser herum.

"So, jetzt müssen wir aber nach Hause. Die warten auf uns schon!", als er auf die Uhr.

21

Es ist Sonntag.

Pierre und Christine sind in ihrem neuen Heim, und gehen heute mit der etwas schrulligen Madame Merceau die Straße entlang. Madame Merceau geht etwas gebückt, es wackeln ihre Knie und der Kopf wackelt auf ihrem dünnen Hals.

"Also wissen sie, Monsieur Lamoureux", wendete sie sich an Pierre, "ich möchte doch gern wissen, wie sie auf den Geschmack gekommen sind, hier in dieser Gegend zu wohnen!"

"Vielleicht, weil es mir hier gefällt!"

"Das möchte ich bezweifeln. Schließlich kommen sie aus einer feinen, sehr feinen Gegend unserer Hauptstadt."

"Vielleicht ist sie zu fein. Aber es ist auch egal."

"Nana, das glaube wer will! Diese Gegend ist auch nicht gerade eine billige!", und wendet sich nun an Christine: "Und sie, Mademoiselle

Waldermark?"

"Paris kenne ich nicht so gut wie mein Verlobter. Es wird mir bestimmt hier gefallen!"

"Meinen Sie?"

Aber mir ist das doch egal, ob wir nun hier oder dort wohnen!" Und dachte an ihre kleine Bude in Hannover, und an ihr zu Hause auf dem Lande.

"Meine liebe Mademoiselle Waldertmark, nichts ist gleich, nur der Käse, und der stinkt doch von allen Seiten. Ob das nun wirklich das Wahre ist?"

"Das wird sich ja herausstellen!"

22

Und die Zeit geht wieder dahin.

Herbst ist es geworden.

Blätter fliegen von den Bäumen, und die Zugvögel fliegen in wärmere Gefielde.

Aber die Woche die nun kommt, ist anders als die anderen.

Aber warum ist da so?

Vielleicht weil die Vorbereitungen für die Hochzeit getroffen werden, denn die Hochzeit soll am kommenden Samstag geschehen.

Oder ist es etwas anderes.

Was eben keiner zu sagen weiß. Ab so, dass man doch etwas spürt oder spüren glaubt.

Und so kommt es wie es kommt, meistens ganz unverhofft.

An einem Tag in dieser Woche; es mag wohl Dienstag gewesen sein, gerade hatte es acht Uhr geschlagen, klingelt es an der Tür. Es klingelt Sturm; aber es geht niemand an die Tür um sie zu öffnen.

Mademoiselle Routier hatte ihren freien Tag, und Madame Lamoureux ist allein zuhaus. Gerade machte sie ihre Morgentoilette - deshalb wurde auch nicht geöffnet. - Da aber das klingeln nicht aufhört, schlüpft sie in ihren Bademantel und läuft zur Tür: "Ich komme ja schon!" Und dann fällt sie auch nach beinahe über den Läufer. Nun schließt sie die Tür auf.

Und wer steht draußen?

Ja, wer steht draußen?

Er steht da, ganz verloddert und heruntergekommen - Michael, der kleine Junge.

So richtig verlumpt, vielleicht sogar verdorben. Seine Hose ist dreckig, das Hemd speckig und zerrissen. Ja, sehr heruntergekommen sieht der Junge aus.

Und Madame Lamoureux erkennt ihn beinahe nicht.

Ist das eine Überraschung für Madame.

"Michael!" rief sie überrascht aus.

Der kleine Junge nickte mit dem Kopf und schaut sehr traurig drein. Und endlich, wie er so da steht, bittet er Madame Lamoureux um Quartier.

"Junge, komm erst einmal herein!!" Und dann schickt sie in erst einmal in das Badezimmer. Der ganze Dreck musste herunter; so konnte es beim besten Willen nicht mehr bleiben. Im Nu ist der Junge wieder sauber. Und Madame Lamoureux holte alte Kleidung ihres Sohnes, als er auch in seinem Alter war, herbei. Sie wollte die abgetragene Kleidung immer wieder in die Kleidersammlung geben, aber aus irgendwelchen Gründen war es immer unterblieben.

Dann geht sie mit dem Jungen in die Küche. Nun endlich isst er sich richtig satt. Er scheint sehr großen Hunger zu haben.

In der Zeit kommen Pierre und Christine nach Hause, und sehen den Jungen in der Küche sitzen. Sie sind sehr überrascht.

"Hallo, Michael!" rief Christine aus, die sich sehr schnell von der Überraschung erholt hat und ihre Sprache wiederfand.

Noch sagte der Junge nichts. Er isst weiter.

"Kannst du nichts mehr sagen, oder hast du nun Angst vor uns?", fragte Christine etwas ärgerlich."

Der Junge stand auf.

"Du brauchst wirklich keine Angst mehr zu haben!" sagte Pierre. "Den Kopf reissen wir dir nicht ab!"

"Ach, wie gut, dass ich dich wiedersehe!", rief der kleine Junge jetzt aus.

"Wo warst du eigentlich?" fragte Christine.

"Wo ich war?"

"Ja, wo warst du?", wiederholte Pierre die Frage. "Und warum bist du damals weggelaufen?"

"Das weiß ich heute auch nicht mehr!"

"Du hättest es doch besser haben können!", sagte Christine.

"Wieder ins Heim, nein, nein!", sagte trotzig der Junge.

"Und hast du an deine Eltern gedacht? Was denkst du, was die für Sorgen wegen dir machen; was sie für Angst gehabt haben um dich. Was hätte nicht alles passieren können!"

"Daran dachte ich nicht! Ich dachte nur daran, wieder in das Heim. Und da wollte ich nicht hin!"

"Dann sei jetzt hübsch und brav. Du musst zurück nach Deutschland. Es geht doch so nicht weiter. Was soll denn später aus dir mal werden!"

Pierre war nach draußen gegangen. Monsieur Lamoureux war gekommen und hörte die erstaunte Nachricht. Er beschließt die Polizei zu informieren.

"Du, Paps, kannst du nicht das erst einmal unterlassen!", schlägt Pierre vor.

"Warum denn, mein Sohn?"

"Wir könnten seine Eltern informieren!"

"Weißt du, wo sie sind?"

"Ja, ich habe die Adressen. Koni hatte vor einem Monat geschrieben. Ich glaube sogar, dass sie in Paris sind!"

"Das wusste ich gar nicht!"

"Dann könnten wir doch die Eltern aufsuchen!"

"Wo sind denn die Eltern?", fragte Christine, die soeben dazu kam.

"Ich sehe mal in meinem Notizbuch nach!", und schlug es auf. "Hier habe ich es. Sie sind in der rue ..... Im Pigalle!"

"Mensch, Pierre, dann könnten wir sie doch dort aufsuchen! Lass uns Abend dorthin fahren!"

"Und der Junge?"

"Der bleibt natürlich hier!"

"Warum kann ich nicht mit?" hörte man die Stimme rufen.

"Du schläfst erst einmal hier!", rief Christine zurück. "Du musst eigentlich sehr müde sein, Michael!"

"Nein, jetzt bin ich nicht mehr müde!"

"Schluß jetzt! Du bleibst hier! Keine Widerrede. Du schläfst hier!", sagte Madame Lamoureux.

"Ich bin aber nicht müde!", sagte trotzig der Junge. "Ich möchte mitfahren!"

"Nein, du fährst nicht!", sagte streng, Monsieur Lamoureux. "Sonst hole ich doch die Polizei!"

"Bitte, nur das nicht!"

Madame brachte dann den Jungen in das Nebenzimmer.

"Ach, wenn wir den Quälgeist schon wieder los wären!", dachte etwas laut Christine. "Was habe ich mir damals nur eingebrockt!"

"Christine, nimm es nicht so tragisch. Du weißt, ohne ihn wärest du doch gar nicht hier!"

23

Am Abend des gleichen Tages stand Pierres Wagen vor dem Pigalle. Und vor dem Cabaret warteten Pierre und Christine. Das Programm hatte noch nicht angefangen. Auch war die Tür noch verschlossen. Vor neun Uhr war da nichts zu machen.Und so standen die beiden Verliebten ihre Beine in die Bäuche. Währenddessen der Pariser Verkehr an ihnen vorbeiflutete. Auto reihte sich an Auto.

"Du, Pierre ist das nicht Christina, die da kommt?"

"Wo?", Pierre sah niemanden. "Ah, jetzt sehe ich sie auch!"

Christina war herangekommen.

"Hallo!" rief Christine ihr zu.

Christina drehte sich um. "Hallo!" Sie schaute erstaunt auf die beiden. "Was macht ihr denn hier?"

"Wir warten auf dich!"

"Auf mich. Schön, dass ich euch mal wieder sehe. Koni kommt nicht heute!"

"Warum?"

"Er sieht sich das Fussballspiel im Europacup an. Ich weiß gar nicht mal wer spielt. Ihr wisst ja, mein Mann ist ein ausgesprochener Fussballfan."

"Christina, dein Junge hat sich wieder angefunden! Ihr könnt mal vorbeikommen und ihn euch abholen!"

"Wie war denn noch mal die Adresse? Irgendwie habe ich sie verbummelt. Koni wird sie wohl noch haben!"

"Und wo ist Koni jetzt? Er ist in der Avenue Marceau sieben!", fragte Christine.

"So weit ist das gar nicht von hier!", stellte Pierre fest.

"Ich habe aber jetzt keine Zeit mehr. Ich muss zum Auftritt!", bedauerte Christina und verschwand ins Cabaret.

"Wollen wir Koni stören?". meinte Christine.

"Sicher. Wir werden gleich hinfahren. Der wird sich freuen uns zu sehen." Beide steigen ins Auto ein und fahren die kurze Strecke, bis sie vor einem alten Haus halten. Pierre drückte die Klinke nieder. Die Tür war offen. Dann stiegen sie eine alte Treppe hinauf. Endlich fanden sie eine alte und verwitterte Tür. Pierre drückt den Knopf. Es rührte sich nichts. Doch von innen hörte man das Gegröle aus dem Fernseher. TOR TOR! Da drückte Pierre den Kopf noch einmal, aber ließ ihn nicht mehr los.

Da bequemte sich Koni aufzustehen um endlich denen draußen zu sagen, dass sie ihn in Ruhe lassen sollten. Er öffnet die Tür und will auch gleich anfangen loszupoltern. Aber vollkommen überrascht blickt er in Pierres Gesicht.

Hallo!", fängt er sich noch schnell. "Wo kommt ihr den her?"

"Deine Frau schickt uns!"

"Was? Ihr habt sie getroffen!"

"Ja vor`m Pigalle!"

"Kommt herein!", forderte er sie nun auf. Das liessen sich die Beiden nicht zweimal sagen.

"Wer spielt denn?", fragte Pierre.

"Bayern München gegen Real Madrid!"

"Und wie steht´s?"

"Es ist noch unentschieden. Die zweite Halbzeit hat gerade vor ein paar Minuten angefangen."

"Wir hörten einen Torschrei!"

"Das war ein Abseitstor. Der Schiri gab das Tor nicht, ob wohl ich der Meinung bin, dass das ein reguläres Tor war!"

"Koni", sagte Pierre. "Eurer Micheal ist wieder da!"

"Wieder da? Seit wann?"

"Er ist heute morgen gekommen; er schläft bei uns! Da haben wir gleich an dich gedacht, weil du sowieso hier in Paris bist; und nun sind wir hier!"

"Der Junge läuft doch nicht noch einmal weg?"

"Ich glaube kaum. Mein Vater sorgt schon dafür. Wenn das Spiel zu Ende ist kannst du ja mitkommen!"

"Ja, das werde ich tun. Aber setzt euch doch. Ich werde mir das Spiel noch zu Ende ansehen!"

Pierre und Christine setzten sich auf ein altes verschlissenes Sofa. Es musste schon sehr lange dort gestanden haben; denn es war reichlich abgenutzt.

Koni stierte wieder auf den Bildschirm. Doch die Bayern konnten kein Tor erzielen; ebenso waren die Spanier nicht besser dran. Damit endete das Spiel Null zu Null.

"Jetzt können wir gehen!", sagte Koni und stellte den Fernseher aus!"

"Du meinst wohl fahren!"

"Natürlich meine ich das. Ich laufe doch nicht zu Fuß. War nur so´ne Redensart"!"

Dann stiegen sie die Treppe hinunter. Diese quietschte noch schlimmer als beim Aufstieg.

Koni fragte: "Wo steht euer Wagen?"

"Ganz in der Nähe. Du kannst schon vorfahren. Den Weg kennste, und wir kommen nach!"

Als die beiden Liebenden auch endlich ankamen, stand Koni schon vor der Tür.

"Komm rein!", sagte Christine. "Der Junge wird schon schlafen."

Dann traten sie ins Wohnzimmer. Monsieur Lamoureux saß in einem Schaukelstuhl und las in der `Le monde`

"Ach ihr seid schon wieder zurück!", sagte Monsiuer Lamoureux, stand auf und legte die Zeitung beiseite. Dann ging er auf Koni zu: "Monsieur Merlin, sie sind auch da?"

"Ja ich bin wegen des kleinen Jungen gekommen!"

"Na, der wird doch schlafen."

"Wirklich Papa?", fragte Pierre.

"Ja, sicher, deine Mutter hat in schon ins Bett gebracht. Da kommt sie ja!"

Die Tür war aufgegangen und Madame Lamoureux trat ein.

"Schläft der Junge schon?", fragte Christine.

"Als ich eben ging, da war er noch wach!"

"Dann kann man ihn ja noch sehen, oder?", meinte Koni.

"Ja, ihr könnt raufgehen. Aber seid ruhig, vielleicht ist er doch schon eingeschlafen.

"Das glaube ich nicht Ma!", vernahm man Pierre.

Christine ging voran. Hinter ihr die beiden Männer. Als sie oben war, drückte leise Christine die Klinke herunter.

"Wer ist da?", kam eine Stimme aus dem Dunkel.

"Michael?", fragte Pierre

"Ja, ich bin´s. Bin noch wach!"

Christine schaltete das Licht ein. "Hier haben wir deinen Vater mitgebracht!"

"Ja, das sehe ich!"

"Freut es dich denn gar nicht?", fragte Christine.

"Schon. Schon."

"Aber es gefällt dir trotzdem nicht, dass ich ihn mitbrachte, nicht wahr?"

"Doch, schon..."

"Michael, du bist doch ein großer Junge, du musst doch einsehen, nun, du weisst schon, und du musst auch in die Schule; und ewig können wir dich ja nicht hier behalten. Du weisst doch, dass du in Deutschland gesucht wirst, und dass du nach Deutschland zurück musst, das ist dir doch wohl klar!"

"Ich weiß; aber ich will nicht nach Deutschland zurück. Und du, Christine, hättest mich doch schon in Deutschland der Polizei übergeben können!"

"Wohl wahr. Aber wir können ja jetzt noch die Polizei holen"

"Bitte, bitte, nur das nicht!", flehte der junge sie an.

"Nun gut, dann bleibst du bis morgen hier; dann werden wir weitersehen!"

"Es wird doch nicht schlimm werden?"

"Michael, es wird nicht so heiß gegessen, wie es gekocht wird!"

"Dann Gute Nacht. Auch du Paps!"

Christine löschte das Licht.

Dann gingen sie zurück in das Wohnzimmer.

"Möchten sie noch etwas trinken?", fragte Madame Lamoureux.

"Nein!", sagte Koni. "Ich muss noch fahren.

"Ich meine einen Kaffee!"

"Doch, den trinke ich schon!"

Madame Lamoureux schenkte ein.

"Koni, morgen kommst du also wieder. Und wann kommst du

morgen?"

"So gegen Mittag, sagen wir gegen eins?"

"Dann können sie ja mit uns zu Mittag essen!", schlug Madame Lamoureux vor.

"Ich werde meine Frau mitbringen!"

"Das wünschen wir doch auch!"

"Dann will ich nicht länger stören!" Und Koni verabschiedete sich.

24

Koni wartete vor dem Pigalle auf Christine. Er blickte auf die Uhr. Schon früher Morgen. Christina ist noch nicht herausgekommen.

"Sie hat sicher etwas getrunken", denkt sich Koni, "aber andererseits bleibt es in diesem Beruf nicht aus.."

Da kam sie endlich beschwipst heraus und sieht Koni stehen.

"Waren die beiden bei dir?", fragte sie

"Ja, sie waren da! Der Junge ist auch wieder da!"

"Gott sei Dank. Ich dachte schon, er wäre schon tot. Ich habe es dir nur nicht gesagt!"

"So etwas habe ich auch befürchtet, aber man sieht doch, es ist nicht so. Der Junge ist wieder in guten Händen. Heute mittag sind wir bei den Lamoureux`s zum Mittagessen eingeladen. Und was mit unserem Michael geschieht, das müssen wir erst einmal sehen!"

"Ich würde sagen, ich geh noch kurz ins Bett. Wann sind wir eingeladen?"

"Gegen eins!"

"Dann kann ich noch etwas schlafen!"

Zurück in ihrer Pension.

Vor zwölf Uhr rasselt der Wecker Christine aus dem Schlaf.

"Du, der Junge!", springt Christine aus dem Bett.

"Aber du brauchst dich nicht so zu beeilen!"

"Denke an den furchtbaren Verkehr hier in Paris. Da weiß man nie wie man durchkommt!"

"O, wir werden schon rechtzeitig ankommen, da bin ich mir sicher."

Beide hatte sich während des Gespräches angezogen, und Koni rasierte sich noch schnell. Dann liefen beide die Treppe hinunter, was zur Folge hatte, dass die Stufen noch lauter knarrten als sonst.

Einige Bewohner beschwerten sich.

"So etwas unverschämtes, ausgerechnet heute!", hörte man schimpfen

"Leckt mich doch am Arsch!", sagte Koni auf deutsch. Die Bewohner schauten dumm. "Was, da könnt ihr glotzen, ihr Affen!" Christine war schon unten.

Sie hatten wirklich tatsächlich Glück, dass sie nicht in eine der Verkehrstauungen geraten waren, die in Paris dem Autofahrer das Leben schwer machen.

Dann standen sie vor dem Haus der Lamoureux`s. Den Wagen hatte sie zuvor auf einen Parkplatz abgestellt.

Koni klingelte.

Christine öffnete. "Ach, ihr seid`s; wir haben euch schon erwartet."

"Ist schon gedeckt?", fragte Christina

"Heute ist Sonntag!"

"Ach deshalb waren die Strassen so leer!", war Koni verblüfft. "Ich wunderte mich schon!"

"Hast du denn das nicht gewusst?", wunderte sich Christine.

"Das ist mir gar nicht aufgefallen! Da sieht man es wieder, für mich ist jeder Tag wie jeder Tag!"

"Na, dann kommt herein."

"Das ist meine Frau Christina!", stellte Koni der Familie Lamoureux sie vor. Madame Lamoureux hatte Christina noch nicht gesehen.

"Es freut mich, auch sie kennen zu lernen!", sagte Monsieur Lamoureux, der gerade die Treppe herunterkam.

"Vergnügen ist ganz meinerseits!"

"Und wo ist jetzt der Junge?", fragte Pierre.

"Der sitzt schon am Tisch. Wollten gerade mit dem Mittag anfangen. Tretet ein!", ging Monsieur Lamoureux voran.

Als sie im Esszimmer standen, sahen sie ihren Sohn am Tisch sitzen. Wie Michael seine Mutter sieht, springt er auf und lief ihr entgegen. Er fasste sie bei der Hand.

"Mutti, da bist du ja da!"

Mademoiselle Routier kam mit der Vorspeise herein.

Vier Gänge wurden gegeben.

"So, das war´s!" sagte der Herr des Hauses und legte die Serviette zur Seite.

"Und nun? Was machen wir mit dem Jungen?", fragte Christine.

"Ach ja, der Junge!"

"Vielleicht könnt ihr ihn nach Deutschland zurückbringen!", schlug Koni vor. "Das wäre vorerst das Beste!"

"Das mag schon sein!", sagte Pierre.

Der Junge saß stumm da.

"Und was meinst du dazu?", möchte Christina ihren Sohn aus der Lethargie herrausreissen. Doch Michael bleibt weiter stumm. "Nun, sage doch auch einmal etwas!"

Der Junge scheint die Sprache verloren zu haben. Er nickt nur mit dem Kopf

"War das ein Ja oder ein Nein?", fragte Koni.

Wieder nickte Michael mit dem Kopf.

"Aber du musst wieder nach Deutschland zurück, oder willst du später nichts können. Du musst zur Schule gehen und was lernen!"

"Ich weiß!", bricht der Kleine sein Schweigen. "Aber mir gefällt´s hier!"

"Das kann ich mir denken, aber du musst trotzdem fort, du musst doch was können!", beschwört ihn Christine.

"Aber ich will nicht nach Deutschland zurück!", sagte trotzig Michael.

"Hör´ mal!", wurde Koni aufgebracht. "Was du willst ist gar nicht entscheidend; du fährst wieder nach Deutschland und damit basta!"

"Nein, ich will nicht. Ich will nicht, auf keinen Fall!"

"Sonst holen wir doch jetzt die Polizei!", sagte Pierre. "Du hast doch versprochen, dass du brav sein willst, und dass du zurück musst nach Deutschland, das ist dir doch mal klar. Denn was sollen sie mit dir hier in Paris anfangen. Du weißt doch, dass wir zur Zeit mit dir auch nichts beginnen können. Sei also brav und fahre mit den beiden nach Deutschland zurück!"

"Nein, nein, ich will nicht nach Deutschland. Ich will nicht ...", und schon war der Junge aufgestanden und lief aus dem Zimmer.

"Los! Hinterher, bevor er uns wieder entwischt!", schrie Pierre. Alle Sprangen auf und versuchten dem Jungen nachzulaufen, aber behinderten sich erst einmal.

Schon war der Junge draußen auf dem Park.

Er lief was die kleinen Beine hergaben. Er lief sehr schnell. Das Tor zur Straße stand offen.

Pierre und Koni liefen hinter ihm her. Und sie kamen auch näher.

Schon lief er durch das offene Tor.

Koni, der täglich seine Gymnastik machte und täglich sein Trainingsprogramm, war schon sehr nahe an den Jungen herangekommen. Er schrie dem Jungen zu: "Michael, bleibe stehen!" Doch der Junge hörte nichts oder wollte nichts hören, und versuchte noch schneller zu laufen.

Er reichte den Bürgersteig, und lief um die Ecke. Für einen kurzen Augenblick war er aus dem Blickwinkel der Verfolger verschwunden. Dann stellte er sich hinter einen Baum. Schon liefen die zwei Verfolger an ihm vorbei. Nun lief er in die entgegengesetzte Richtung.

Natürlich merkten Koni und Pierre, dass sie den Jungen verfehlt hatten. Koni drehte sich um, und er sah den Jungen weglaufen. Er tippte Pierre an. Beide nahmen die Verfolgung wieder auf.

Der Junge lief und lief und lief ...

Aber die Verfolger näherten sich immer schneller.

Michael lief die Straße entlang. Nun kam er an eine vielbefahrene Kreuzung. Die Ampel stand auf Rot für die Fussgänger. Eine Mauer verdeckte die Sicht zur Straße hin.

Der kleine Junge lief, lief, lief. Schon waren die Verfolger zum Greifen nah.

Der Junge lief auf die Kreuzung zu. Noch immer zeigte die Ampel rot für Fussgänger. Ein schneller Wagen, der auch noch mit überhöhter Geschwindigkeit sich der Kreuzung näherte, raste auf dieselbe zu.

Der Junge sah den Wagen nicht.

Der Autofahrer sah den Jungen nicht.

Bremsen quietschten. Der Wagen drehte sich und prallte gegen einen Laternenmasten.

Pierre und Koni waren herangekommen.

Der Junge lag leblos auf der Straße

Pierre ging heran.

Er nickte.

Nun wusste Koni, dass Michael nicht mehr lebte.

Man rief die Polizei.

ENDE

... anderes Ende:

Der Junge schien leblos auf der Straße zu liegen, als Pierre herankam. Er rief Koni aufgeregt zu: "Schnell die Polizei und die Sanitäter!"
 Koni, der abrupt stehenblieb, holte sein Handy aus der Tasche, und wählte die Nummer ...
 Nicht lange darauf hörte man auch schon den Krankenwagen und die Polizei kommen.
 Familie Lamoureux war auch schon am Unglücksort erschienen.
 Auch sie konnten nicht helfen.
 Dem Fahrer des überhöhten Wagens war nicht mehr zu helfen.
 Michael wurde gerade in den Wagen hereingeschoben.
 Koni und Christina sahen dem Krankenwagen nach:
 "Was geschieht jetzt?", fragte Koni.
 "Wir fahren hinterher!", antwortete Pierre.
 Und so endete vorerst das Abenteuer um Michael!
 Vorerst ... ??